风暴鸟

〔冰〕埃纳尔·卡拉森（EINAR KÁRASON）著

张欣彧 译

STORMFUGLAR

湖南文艺出版社
HUNAN LITERATURE AND ART PUBLISHING HOUSE

博集天卷
CS-BOOKY

© 中南博集天卷文化传媒有限公司。本书版权受法律保护。未经权利人许可，任何人不得以任何方式使用本书包括正文、插图、封面、版式等任何部分内容，违者将受到法律制裁。

著作权合同登记号：图字 18-2021-183

图书在版编目（CIP）数据

风暴鸟 /（冰）埃纳尔·卡拉森著；张欣彧译. ——
长沙：湖南文艺出版社，2022.7
书名原文：Stormfuglar
ISBN 978-7-5726-0631-1

Ⅰ. ①风… Ⅱ. ①埃… ②张… Ⅲ. ①长篇小说－冰岛－现代 Ⅳ. ①I535.45

中国版本图书馆CIP数据核字（2022）第039445号

上架建议：外国文学·畅销文学

FENGBAONIAO
风暴鸟

作　　者：[冰]埃纳尔·卡拉森
译　　者：张欣彧
出 版 人：曾赛丰
责任编辑：吕苗莉
监　　制：吴文娟
策划编辑：黄　琰
特约编辑：包　玥　罗雪莹
版权支持：王媛媛　辛　艳
营销编辑：闵　婕　傅　丽
封面设计：梁秋晨
版式设计：李　洁
内文排版：百朗文化
出　　版：湖南文艺出版社
　　　　　（长沙市雨花区东二环一段 508 号　邮编：410014）
网　　址：www.hnwy.net
印　　刷：北京中科印刷有限公司
经　　销：新华书店
开　　本：775mm×1120mm　1/32
字　　数：53 千字
印　　张：4
版　　次：2022 年 7 月第 1 版
印　　次：2022 年 7 月第 1 次印刷
书　　号：ISBN 978-7-5726-0631-1
定　　价：58.00 元

若有质量问题，请致电质量监督电话：010-59096394
团购电话：010-59320018

一九五九年二月，数艘冰岛拖网渔船于纽芬兰渔场遭遇风暴。这一事件是本小说的灵感之源，叙事与人物塑造则仅遵循虚构的法则。

乍一看去，将冰块凿下船身似乎是件不可能完成的任务：冰层看起来好似玻璃，实则坚若磐石。而当冰层积聚到了我们船上的这种程度时，它便再不像是孩子扔块石头就能击碎的那种薄薄的冰面，而仿佛成了一座形态万千、凹凸起伏的巨型水晶雕塑；它似是由一位灵工巧匠根据自己的美学品味创造而成，实则呈现出了这艘船的形状，当然首先还是那些固定在船身上的东西：操舵室前的巨大绞车被勾勒出来，线条粗犷而凸出，好似一座小山、一方雪坡；架在鱼箱周围的铁柱从甲板上耸起，兴许会让人联想到美国的摩天大楼；船舷上方的栏杆成了一面垒起的花园石墙；钢丝与支索平时的粗度连一位强壮的水手长的手指都不及，现下却也粗得同下水管道一般；两侧的网板架已然满是冰瘤，同样还有上层建筑以及救生艇甲板上的一切——其中就有我们要拿来救命的东西：救生艇。

船只最前部的鲸背甲板及其上的绞盘与起锚机，已然成为一座冰冠，就如同瓦特纳冰川的巴达本加火山[1]一般。几年前"盖歇尔号"飞机在那里失事，人人皆以为事故中无人生还，可许多天后，人们发现了幸存的机组人员；而等到第二年春天，再去搜寻飞机的残骸与机上运载的货物时，机身却早已被越积越厚的冰所覆盖。还有美军派去接人的雪上飞机，也是一经降落便被牢牢冻住，最后他们只得把飞机留在那儿；人们在短短几个月后再次来到事故地点时，这架飞机也已然消失于冰面之下。

现在，"海鸥号"的船员们所要对抗的，正是这样一座越积越厚的冰川。每个人都穿着自己最厚实的衣

---

1. 巴达本加火山（Bárðarbunga），位于冰岛瓦特纳冰原冰川（Vatnajökull）上，是最为活跃的火山之一。——译者注（若无特别说明，本书脚注均为译者注）

服，脚踩齐膝的高筒靴，将防水服披在了最外面。有人抄着锤子，有人挥着扳手，也就是拖网渔船的船员们常用来旋拧和固定的工具；还有人拿着水管、松肉锤和砍肉刀。水手长的手里是一根大撬棍，陆上的人们管这东西叫"钢人"；而装备最好的人拿的是冰镐——别看它外观小巧。船上有两把冰镐。船员们登上甲板，可甲板也被裹上了一层冰盔，所以他们必须得找个抓手才行。他们往常遭遇大浪与颠簸，倒也能轻易找到抓手，唯独现在，一切抓得住的东西都已然被隐埋在冰盔之下。

所幸，现下的颠簸要比往常这种极端天气里平缓许多，亏得船上积冰的超重负荷，船身侧倾以后，无论如何也要好一会儿才能再直立起来。但这对如今的情势也并无多大助益，因为如此一来，脚下的甲板也就一直不是平的，永远都是斜坡，猝不及防之际，狂浪又汹涌扑来，席卷一切，这时候可要死死抓牢，冰冷的海水可不是几滴飞溅的水花，而是飞瀑一般催逼人的沉沉洪流。

　　不过，虽然这冰体的外观有如冰川或水晶雕塑一般，可是开凿之后便发现，要将它凿穿、击碎也没有人们想象中那么困难。敲在铁栏或者钢绳上的得力一击，就足以清理出一大片地方，若是力道干脆又敲准了位置，甚至能清出半米有余。不管什么活，只要努力之后得到了结果，便会让人高兴，而这里的成果更是显而易见的，人们干得也越发起劲。几击之后，原本完全消失在冰墙底下的船舷又重新出现了，还跟之前一模一样。这时候，凿冰才成了某种乐趣：湿漉漉的脸庞从防风帽檐下向外张望，瞧见一根粗如桶底的钢绳，于是这名船员朝上面敲打几下，钢绳在击凿之下又现出了原貌，包裹在外的冰层也随之碎裂。冰层碎成大大小小的裂块，或是撒在甲板上，或是随风飘散。

　　就这样，他们重新召唤出这艘船的原本形状，刚开始时的进展也出乎意料地顺利，作业区又再度现身了：上面漆的是金属色或是其他颜色，一般是棕色和黑色。人们甚至会发奋到忘我的程度，但这一点恰恰是大忌，因为他们必须要警惕倾涌上船的海浪，在浪头落至甲板之际，一定要死死抓住一块新出现的抓手。而船长则在他们头顶上的桥楼窗旁，监视周围的海面与海浪，有些浪头高到他必须仰起头来，才能看清它们要奔向何方；船长很擅长判断，每当看见一道高浪即将击上船身之时，他便高喊："浪！"而当海水终从船上退去，刚刚还光洁一新的铁具便又被裹上了冰壳。冰层很快就越积越厚，不仅因为下一波海浪旋即又涌上甲板，还因为空气中弥漫着一片飞扬的浪沫，与急旋的雪片交杂着。冰壳很快便不再是薄薄一层；虽然刚刚才成功清理完支索与钢绳，人们又要重新开始，在同样的地方击凿。只是这时，他们的手更疲累了些，在开工前穿上身的衣服也不复干燥温暖了。这样竭力苦干，防水服底下的身躯也散出蒸汽；遭逢巨浪、屈身闪避时，冰冷的水流又顺着脖颈一路探进；沿着甲板奔腾的水流也可能将高筒靴完全淹没。

清理钢绳、船舷与栏杆上的冰层尚且胜利在望，裹住绞车与艏楼的冰川则棘手得多。一击上去，什么都不会摇晃，什么都不会摆荡，一切都纹丝不动，如同荒原冰川一般冰冷而沉默。最强壮的、拿着最大钝器的船员还是决意一试；最成功的时候，比如在通向艏楼的阶梯上，人们能击落不少完整的巨冰。可这时又会出现另一个问题：这些巨大的冰块轰隆隆地滑过甲板时，人们可千万要躲闪开来；船员们都知道，孤零窜动的浮冰是所有冰体中最危险的一种。几天前，在"海鸥号"航向渔场的途中，他们就目睹一艘载着近百名船员的崭新船只被这种浮冰所伤，而将近半个世纪前，乘载两千余人的豪华邮轮"泰坦尼克号"也恰恰为其所毁。像这种滚在甲板冰面上的冰块，或许会狠狠地砸到某个船员；而且，就算能将这样的冰体从它原本积聚的地方凿落下来，船身的重量也不会减轻：冰块仍然在船上。他们必须用冰镐和钝器追上浮窜的冰块，将其凿成足够小的碎块，碎冰才能顺着甲板排水孔被冲走；较大的冰块就需要大家协力，一起把它搬到船舷上，再扔到海里。

凿冰的船员们腰间都系着绳索，绳子又固定在船身上。船首舱房里的船员则需等待，直到桥楼与鲸背甲板之间绷起一条绳索后，才能唤他们出来，让他们借力绳索，沿着甲板一点点向船尾移动。待其加入后，大家便向积聚在操舵室上的冰块进击。凿冰的进展差强人意，只是随着其中一击，操舵室的一面玻璃也被砸了个粉碎；这面玻璃恰好在车钟旁，也是船长平时发号施令的地方。在其他情况下，人们会立刻将这扇洞开的窗户封住，以防寒风、飞雪与海浪灌入室内，而船长却立马发现，至少就目前的状况来说，最明智的做法是让这面窗子保持敞开，因为与此同时，积在上层建筑上的冰层几乎完全遮挡住了其他窗户的视野。

四天前，他们从冰岛一路远航而来，终于抵达了渔场；他们航行了1200海里[1]，绕过格陵兰岛费尔韦尔角南端，来到了纽芬兰岛旁的这片渔区；去年一整年里，许多国家的渔船一直在这儿大捞平鲉，回回都满载而归。二月三日星期二黎明时分，船长通知大家准备好拖网。船员们来到甲板上，天气平和而冷冽，气温为零下五摄氏度；他们现下身处的纬度要比冰岛的渔场更靠南，而这里的海上却颇为寒冷。极地寒流经由格陵兰岛与加拿大之间的海域南下，又与自南而来的暖流相遇；洋流交汇处不仅会产生极为汹涌的海浪，还常常有密集的鱼群。食物与饵料翻搅、汇聚，海洋与天空中都充盈着生命。他们看到，一大群三趾鸥掠过头顶，往东北方向飞去，例行它们每日的晨征；也

1.1海里约合1.85公里。——编者注

正因如此，冰岛渔民们给这片海域起了个别号，叫"三趾鸥银行"。海域上还有其他几艘船只：来自哈夫纳夫约杜尔的拖网渔船"斯凯普拉号"与"哈帕号"[1]就在不远处，与"海鸥号"上的我们保持着电台通信；来自冰岛北部的"埃亚峡湾人号"与来自东峡湾的"勇士号"也在附近[2]。"勇士号"是船队中最新、最敏捷的船只，是一艘气派的流线型大船，一两年前西德制造的；可在南下费尔韦尔角的航途中，船只遇上了翻上船身的猛浪，他们在电台里说，当时就好像撞上了一堵水泥墙。浪头狠狠地砸在操舵室的右侧，击碎了甲板灯和几扇窗户。冰冷的海水一直淹到了大副和值班人员的腰；而左舷侧有扇门从合页上脱落，海水顺势涌出时，

---

1. 哈夫纳夫约杜尔（Hafnafjörður），冰岛西南岸的港口城市，位于首都雷克雅未克以南；斯凯普拉（Skerpla）与哈帕（Harpa）是渔船的名字，也是冰岛传统月份的名称：哈帕是夏季的第一个月，斯凯普拉是夏季的第二个月。
2. 埃亚峡湾（Eyjafjörður），也称岛屿峡湾，位于冰岛北部；东峡湾（Austfirðir）位于冰岛东部。

电报员没被冲下甲板已是万幸。他们跟电台里的其他船只讲，起初看来，他们必须得掉头重返冰岛，所有仪器都失灵了、乱套了，但他们还是修好了绝大多数部件，因为当无线电设备恢复正常时，他们听到的第一条消息竟是一艘丹麦船只发来的求救信号：这艘崭新的丹麦船只正在南格陵兰海域沉没，电报里说他们快要沉了。"勇士号"立即奔往他们测量出的求救信号源，可结果发现他们距离那艘船实在太远了。当"勇士号"还有其他船只终于抵达那片海域时，海面上空空荡荡，只有些零星的残骸在迷雾中若隐若现。一架美国飞机在空中盘旋，机组人员说他们好像看到了一只浮动的救生圈。来自雷克雅未克的拖网渔船"波塞冬号"也将来到"三趾鸥银行"海域，"海鸥号"上的我们原本预计与其同行，一起完成这段漫长的去程；我们计划与他们在同一晚出发，但"波塞冬号"上不知出了什么事，就耽搁了几天。这种事也是常有的。

　　现在，"海鸥号"的船员们来到了甲板上。赏罢三趾鸥的飞翔，大家戴上手套，即刻开工。人们呼出来的是白色的气团，不仅因为空气寒冷，也因为这地方的海水比人们想象中要冷得多。大家基本都在小学里学过，水在零摄氏度结冰，零摄氏度是水的冰点，那么这里想必还有其他力量在作祟。是盐的作用，懂行的人说道，海水肯定有零下二摄氏度了。但还是要当心脚下，尤其在通向艏楼或是救生艇甲板的梯子上，小心别莽莽撞撞地摔了跤。冬天早些时候，一艘冰岛渔船上的船员就是在这片海域摔下了甲板；虽然当时风平浪静，而且不过一两分钟后人们就把他捞了上来，但他还是登时就冻死了。人都发紫了，身子可能也全僵了，“海鸥号”上的一个船员说。他知道自己在说什么：冬天早些时候，在这场死亡事故发生时，他就在那艘船上。

现在来说说渔网。渔网共有两张，一边一张，卷绕在船舷的上缘上，先抛右舷还是先抛左舷的渔网都无所谓，一切都已准备就绪。绿网上没有破洞，上次出海回程时，以及船停靠在雷克雅未克港口期间，该修该补的地方都已修补好了。船长在操舵室里不疾不徐地发令：

"右舷准备。"

在这种船上，渔网的拖索穿绕在巨大的网板架上，钢制的支架结构好像一个倒扣的 u——或者说像一个外翻的 n——支在左舷和右舷的舷缘上：一组架在船首的鲸背甲板上，另一组架在上层建筑后甲板的舱梯处。接着渔网被抛进海里，钢索也从操舵室前方的大绞车中释放开来，此时一切都轰隆隆地响着，铿锵地唱着，而甲板上的船员们除了等待基本无事可做，至少有好几分钟的空暇时间。这时候，真正的船员便会将一只手伸进防水服里，一直伸到胸前的口袋：那里放着一盒骆驼牌香烟。他们会抽出一根烟，叼在唇间，手掌遮着火柴的光焰，将它点燃，长长地呼出一口气，并将烟头转向掌内，用手心拢着点着的烟头。这可是门绝艺，尤其遭逢大浪、海水灌上船时，只有真正老练的船员才会这招；另外还有收网的时候，湿漉漉的钢索呼啸着被绞车从海里吊起，浮沫四溅开来。船长或值班的大副负责确保在船只运动、全速前进的过程中，渔网能被正确抛出，以敞开状一抛到底。一切顺利的话，这只巨囊便会咧开大嘴，向海底的猎物扑去；这时渔船将缓速前进，因为在渔网触底时，船只需要减速。

渔网的下颌，也就是下端的开口上，长着一排缀满"奶子"的牙床。所谓奶子就是硕大的钢球，像轮子一样在海底滚动，像吉普轮胎一样驶过凹凸的丘壑，从而起到保护渔网的效果。渔网最靠里的部分是网囊，网囊下端嵌上了护皮，用的是牛皮，以防囊身被岩尖、石砾等海底凸起刮破。渔网的上颌则绑着浮子或浮绳，以使渔网完全张开。撒网时偶尔也会出些岔子，渔网在触底的时候要是翻错了方向，浮绳就会被压在重重的奶子底下，这样一来网嘴就给封住了，也就不用指望能捞到什么东西了，人们能收获的无外乎一张破裂的渔网。有经验的船员能觉察到这种不对劲的情况，他们能够通过船只的移动或者拖索的握感予以估测；

上头连着船身，下头连着渔网的拖索大概有几百英寻[1]长，而情况不对头的时候，他们还是能感受到拖索的异常震动的。这时，他们就得将渔网重新吊起，仔仔细细地检查一遍，然后再抛一次。

待渔网沉底，勾连在各自吊架上的拖索则被拴在了一起。两根拖索拢到一起时，受力才会均衡；而加装在两侧拖索上，与网口距离相对较近的两块挡水板则会彼此相离，形成一个直角；这时挡水的网板就好像两只正要合十祷告的手，两掌相对，半倾向前；船只的运动与逆流的推阻使得网板外扩，带动渔网敞开网口；网嘴露出一个大大的笑容，或者说它冲着渔获咧开嘴，狂笑个不停。渔网触底时，为了将拖索拢到一起，人们会从救生艇甲板上的专用绞机里引出一根钢绳，在上面挂一个钩子；不妨将这根钢绳和这个钩子称作信使，但冰岛语里的拖网渔船词汇绝大多数来

1.1 英寻为 6 英尺，约合 1.828 米。——编者注

自英文，所以我们就直接管它叫麦信哲[1]。等到麦信哲钩住两条拖索，将其牵引到一侧的船舷以后，人们便用一个钢质夹锁将它固定在操舵室下方舱梯旁，那里还有一个开口滑轮，拖索从中穿过。

人们觉得兜住的鱼量已经足够了，或者估摸鱼量已经不能再多了的时候，就要开始拖动渔网了，此时开口滑轮就会被敲开，渔网被吊上船来。"海鸥号"的船长是所有人里最会抛这种拖网的人，他也是所有人里对拖网捕鱼的一切最为了解的人，可就算是这样的人也有可能出错，即便这种事情并不经常发生。这次出海，第一次撒网并降低船速的时候，他便感觉有地方不大对劲，于是他来到甲板上检查了一下钢绳；他温柔地抚着绳索，像个为孕妇检查的助产士，然后便命令大家再次穿上防水服，出来继续吊网。这时候是懈怠不得的，即便一半的船员才刚刚在食堂坐定，正

---

1. 原文作 messaseri，也称 messeindsér，即英文中的信使一词 messenger。

要享用热腾腾的午餐：肉丸、卷心菜、土豆、软黄油。大家都冲了出去。

首先要将拖索分开，也就是需要打开前面说的滑轮。这里就要用到一个大型工具——撬棍，类似中等大小的"钢人"，被放在操舵室下方舱梯旁。撬棍必须足够长，因为拖索牵曳着深海里的渔网与网板，在巨大的拉力之下绷得紧紧的，开口滑轮松脱之际，拖索便会以万钧之力猛地窜动起来，这时人们最好离得远远的；再者，撬棍需要提供充分的杠杆力。

跑来打开滑轮的是水手长，他穿着毛衣，嘴里还嚼着才刚刚开始享用的食物。水手长是个壮汉，也是个硬汉，天不怕地不怕；大约一星期前，喝得烂醉、发着酒疯的他被人们抬上了船，当时要三四个水手一起才挪得动这么强壮的身躯。他穿着件毛衣就来到扶梯口，取出扳手，打开滑轮；扳手的长度连小臂都不及。霎时间，滑轮噌的一下松脱开，拖索似紧绷的小提琴弦一般飞射出去。可这一幕叫船长瞧见了，他过来狠狠地训了一通水手长：

"别在我的船上犯蠢！"

水手长咕哝着抱歉的话，保证下次注意，却也暗自奸笑：他还以为船长没看到呢，再说之前船长觉得需要紧急收网的时候，他也偷摸用扳手开过滑轮，船上的人都看见过，不过这些话他憋住了没说。绞机隆隆，不停拉紧，过了好一会儿渔网终于出了水面；拖索一圈一圈地彼此缠绕，我们要将这一团乱钢索理顺，再修补一下渔网浮绳上的破损。渔网很快就被修好了，所以也没必要改换成左舷的渔网。"再次下网！"一切即刻就绪，"海鸥号"上的我们将开始从"三趾鸥银行"的海底打捞出宝贵的鱼群。海面上一如既往地不见陆地的踪影；纽芬兰岛约莫在100海里开外，将近200公里远的地方。虽然天朗气清，能见度很高，视线之内却少见其他船只；远远能望见一两艘拖网渔船，地平线边缘还有一个小小的凸包。船上的二副能将水手手册倒背如流，认得出冰岛的每一艘船只；在修补渔网的空档，香烟的雾气罩住他的脸庞，他透过烟雾凝望过去，猜测是一艘正在扫荡渔场的俄国加工船。

从星期六晚间直至入夜，疲倦的船员们在船长的命令下一直身处风暴之中，船首的可见冰层已被铲去了多半，于是船长决定让那些站得最久的船员先去歇息。他们渐次进入船舱，在换衣间里扒下身上的防水服和高筒靴，到食堂里喝了咖啡，吃了面包和厨师们准备的其他食物。然后他们沉默地抽了半晌烟。大家都没什么话，因为人人都感觉到船只的运动有多么异于平常。船身在波浪中升升落落，可比起风浪的势头，船只的颠簸却要慢得多、小得多，翻转到一侧以后总是停住许久：先是一个劲地往左舷的方向倾翻过去，等到终于直立起来以后，却又立马倒向右舷，再也翻不起来。泵机突突作响，听声音便能知道，轮机工们肯定在来回倒腾两舷的燃料罐，把左舷的燃料加给右舷，再把右舷的加回左舷。主机还均匀地轰隆着，听着机器的哐啷声真让人心安。要是这台巨大的柴油机器出了什么问题，大家离等死也就不远了。船员们拖着步伐，进了船尾的空卧舱，大家基本都是穿戴整齐地侧躺下去，以便随时待命；一倒头就能睡着算是幸运的，其他人还侧耳听着风暴，听着当当的凿冰声——还有船员在外面摸着黑，继续与冰块搏斗着。

　　船长站在操舵室里，他忽地觉得，风暴似乎正在渐渐平息，往常这种风暴大概半天时间就会过去，而现在的这一场却已肆虐了二十个小时了。看到船员们凿冰取得的进展，船长的心里也升起了希望。此时外面还有十来个人在顶着风浪工作，实际上也没有再给更多人使用的工具了，船上急缺可用的敲凿器具。选择在隆冬时节前往这片遥远的渔场，却没带上足够所有船员使用的冰镐，他知道这是个错误，可谁又能料到他们会遇上这种倒霉事呢？电报员也在上面，他的电报间和仪器在操舵室的后方；电报间里传出一阵嘶嘶啦啦的嘈杂声和呼叫声，然后电报员跑到船长和监舵的船员身边，说他听到了一艘西班牙渔船发来的求救信号，船就在这片海域上，但距离其实很远；还有一艘加拿大船通报说遭遇了积冰等困难。他继续说，他已经与"哈帕号"上的同伴取得了联系，"哈帕号"现下还算顺利，但他们也在竭力与严重的积冰与侧倾对抗着，尽力抵挡住风暴。另外一艘来自哈夫纳夫约杜尔的渔船"斯凯普拉号"正在返回冰岛的途中，他们满载而归，昨天就出发了。

"海鸥号"上的我们也试着逆风逆流地航行；风的来向是北至西北，我们只能将船掉转到迎风的方向，让船头迎着巨浪，让螺旋桨慢速旋转；砸在船侧或船尾的浪头轻易就能将船只摧毁、掀翻。"海鸥号"根本顾不上西班牙人的求救。船长站在车钟旁，时不时给出释放离合器、关停螺旋桨的指令；一波骇浪从黑暗里涌出时，他还会在必要的时候让船只改挂倒挡。他知道所有轮机工都在待命，时刻准备着迅速做出反应，他们的反应也的确十分迅速；船长还是派人叫来了轮机长，想了解一下底下的情况。他上到操舵室里，汇报说目前一切正常，最主要的担心是剧烈的倾斜将导致引擎漏油并停转，但此时引擎还很稳定，仍以1300多马力的功率正常全速运转着。他们一直在用泵机交换左右两舷的燃料，但是无法以同样的方法送水，因为所有淡水箱都被彻底冻结了，只有一只小水箱靠着引擎的温度尚未结冰；这只水箱足够做饭、煮咖啡以及供船员饮水，前提是在船员不太渴的情况下。他们还讨论了轮机工有哪些物件可以用来凿冰，轮机长说容他看看，或许可以把管子切割开，再焊接上螺栓头或者其他钝器。船长补充道："这些东西不能太沉，大斧和大锤的每一击固然成果显著，但是用这种工具的话，大家不一会儿就精疲力竭了。"

轮机长回到下面时，一波猛浪翻卷上船，比前桅的桅灯还要高出一大截。船长冲着破窗外面大喊，让甲板上的船员赶紧抓牢，紧接着巨瀑就轰的一下炸在船上。船身向左舷倒去，就那么歪了好一阵；虽然击入船身的海水已经被排干，船体却没有直立起来。船长冲着大家喊道，能进来的就赶快进来，船翻得这么厉害，待在外面太危险了。大副攀上楼梯，进入操舵室，船长命他下去将铺上的船员叫醒，现在全体船员进入戒备状态，随时准备出动，采取一切可能的措施——在为时过晚以前。他们能够感觉得出，船身又倾斜了一些，继续往左舷方向倒去。船长和大副面面相觑，他们都心知肚明，现在用不着一波大浪就能把船只彻底掀翻，大家也就全玩完了。船长加了一句，请大副转告船员，正在休息的这批船员是两小时前被叫进来的，从现在开始，每人每天只能休息两小时，直到把最艰难的时刻攻克过去为止。他们听到泵机的轰响，轮机工们正在努力将船身的重量转移到右舷上，终于他们感觉到：船只开始一点点地直立起来了。

　　大副跑下去，让水手长叫手下的人集合，大多数人都醒着，而当大副来到二副的铺位旁边时，二副却一动也不动。大副又叫了一声，他还是没有回答，大副惊恐地摇了摇二副，以为他的心脏病发作了，而这时铺上的人开口了，意识显然很清醒。

"我们要沉船了，我就想在这儿躺着。我出海多少年了，从来没遇上过这种情况。现在只剩死路一条了。"

"看在上帝的分上，你可赶紧起来吧，想这些有什么劲呢。"大副说，又赶紧跑上了操舵室。

大管轮也来了，他和船长刚去查看了救生艇甲板，发现左舷救生艇的外面已经被冻上了，而且里面几乎被海水灌满了，海水肯定也差不多都冻住了。这艘救生艇无论如何是没用了，况且如今的情势下，救生艇重好几十吨，还会拖着倾斜的船只继续往下沉。他们唯一的指望就是把它拆除掉。要想拆掉救生艇，得靠有经验、有力气、有勇气的船员才行，而现下整个救生艇甲板就是一座冰拱，根本没几块可以当抓手的地方，何况这一块巨冰重若千斤，一旦松动开来便无比危险；救生艇很可能会失去控制，滚到甲板上，到时候谁也不敢靠近分毫。

刚刚还拒绝离开床铺的二副这时来到操舵室里，他眼中噙满了黑暗，在听完对救生艇的讨论后，他说："我们还在等什么？"他说他可以去外面卸掉救生艇，还有两个船员也自告奋勇要跟他一起去。他对首先站出来的那位船员说："你自己决定。"

船上最小的船员，十九岁的劳鲁斯也自请加入，但二副认为这没有必要，也很不明智，不管怎么说他们一次用不上这么多人；用他的话讲：要是出了什么岔子，死三个还不够吗？

在他们拆救生艇时，船长竭力让迎风的船只维持在最稳定的状态下。三个人一步步踱出去，凿掉裹在栏杆等抓手处的冰层。他们来到救生艇旁，首先敲去紧固零件上的冰块，然后又拿斧头猛砍托架的皮带和吊艇柱的绳子；救生艇随即从托架上脱落，登时就滚下了船侧，坠入海中。借着船灯的光，大家看到水中的救生艇正面朝上，但只有一小部分露出海面；然后它朝船尾的方向漂去，消失在黑暗中。船身一下子就平稳了许多，最小的船员劳鲁斯也如释重负；而看着本该在他们走投无路时救人一命的救生艇在汪洋中消失不见，也真让人觉得不可思议。

一个多星期前的一月二十九号，劳鲁斯在雷克雅未克的港口登上了船。他满怀着兴奋与期待，可是跟父亲一起来送他的母亲却一直惴惴不安，总有一种不祥的预感，说自己做了不少噩梦。他们开着家里的威利斯吉普送他，驾驶座上的父亲难掩对儿子的骄傲之情：这是儿子第三次跟着拖网渔船出海了，而且立马就赢得了吃苦耐劳的好名声——这是父亲听码头工人们说的，他们总能听到许多船上的事情。这个小伙子上一次出海还是跟着另一艘更差的渔船，但和这次一样，上一次的目的地也是遥远的渔场，渔船一路北上，深入至北极圈内的巴伦支海。

"我们就在北极边上！"他的一个同船船员叫道。当时是深冬时节，所以整趟旅途里半点阳光也没出现过，每天二十四小时都是浓黑的夜，只有在云层撕开，露出星月，还有北极光舞动天宇的时候，黑暗中才会现出一丝丝光明。但这种时候实属罕见，也持续不了多长时间，海雾和风雨才是最为常见的，捕捞上的鱼少得可怜，分给船员的钱也就没多少了。"海鸥号"的计划则是前往纽芬兰渔场。劳鲁斯早就听闻去纽芬兰捕鱼有多好——经过一段漫长而平静的航行到达渔场，然后再返回家乡，中途是一段短暂而紧张的捕捞时光，这其中却有着不可思议的渔获量，尤其是能大量捕获在英国与德国都能高价出售的平鲉。旅途中甚至还有上岸贩卖的机会，更不必说随之而来的欢乐和快活，还有最后那一沓肥厚的信封。他的母亲和弟弟都生着病，要是他旅途顺利，能给家里带回来这样一份薪水，大家一定都会高兴，负担也能轻些。

渔船就停靠在码头边上，船头上印着"海鸥号 RE-335"。他们走出车子，他指给母亲看，这艘船有多结实，多气派，一座名副其实的钢铁城堡，七百多吨重呢。壮观的船首上立着高高昂起的鲸背甲板，船员们习惯叫它鲸背。再看甲板，那里也是捕鱼时的作业区。船员们把捕上来的鱼倒在甲板上，上面的舱口通向底下的鱼舱。上层建筑在船只中央，其上高耸的操舵室和窗子俯视着一切，亦能径直望向前方；上层建筑的后方是下层建筑，里面有食堂和寝室；下层建筑的上方是救生艇甲板，看这两艘又大又坚固的救生艇，左右舷各有一艘，都牢牢地吊定在结实的钢架上，也就是所谓的吊艇柱。

他们站在吉普车旁端详着这艘船，劳鲁斯的父亲在鲱鱼船上工作过很久，他看得出来，这艘拖网渔船跟船队里的其他新船一样，上面的救生艇可真不一般，要是有机会，甚至可以直接用它们去捕鲱鱼；过去就有用这种船围网捕捞鲱鱼的。

"那上面居然还有引擎！"父亲说，声音里满是骄傲。

除了航海和捕鱼，再没有什么能让他这样着迷了；每逢星期日全家兜风的时候，他们也经常开车到港口逛上一圈，看看大船和小船，这一条是从哪里来的，那一艘又是捕的什么鱼；码头上还有其他船员的时候，他父亲就会跟他们闲聊上好一会儿。其实大概半个月前，全家人差不多就在这个地方，跟城里的其他许多人一起观摩了丹麦舰队的最新豪华舰——特别建造的格陵兰岛班轮"汉斯·赫托夫号"[1]；这艘崭新的船几星期前刚刚投入使用，现在正在进行前往格陵兰岛的首次旅程。船只重达 2800 吨，所有部件均经过特别加

---

1. 汉斯·赫托夫号（*Hans Hedtoft*）以一九四七年至一九五〇年间的丹麦首相赫托夫之名命名，于一九五九年一月三十日撞上冰山后沉没，有 95 人丧生。

固，专门适应北极航行，无论运载乘客还是货物，都可谓绝对一流。现在终于有一艘能够全年为格陵兰岛聚落提供服务的船只了，而且船上还配有大炮。

"有备无患嘛！"父亲说。

"汉斯·赫托夫号"从冰岛起航，要驶向格陵兰岛南角，跟今晚将要出发的"海鸥号"方向一致。一家人还站在那儿端详"海鸥号"，而午间新闻过后，广播里通告：出发时间为八点。"海鸥号"上传来引擎的声音，是发电机的急促轰鸣，伴着柴油的震颤。鱼舱内填好了冰块，燃料箱与淡水箱已装满就绪，补给品也都被抬上了船：整具整具的肉、整袋整袋的土豆、桶装腌肉、咖啡、面包、奶酪、火腿、牛奶、麦片、大米、猪肋……光线灼亮，人头渐渐攒动起来，有些人喝醉了酒，在那儿吵吵嚷嚷，左手拎着水手袋，右手——更有力的那只手——还挥着酒瓶。

劳鲁斯看向母亲，他知道，看见这些醉醺醺的人上了船，她怕是要不高兴；在接下来的几个星期里，在千里之外的寒冷渔场上，这艘船可是她儿子的救生艇啊，是她儿子的家啊。今天早上起床，她就生出了不好的预感，她还劝过他，让他不要参加这次航行。可是他早就登记好了，更不想败坏了自己的名声，让人以为他不可靠、不守信。父亲也说，这个西边的纽芬兰渔场的天气是出了名的平静温和，何况渔场的鱼群那么充足，用不了几天就能把船只装满，之后他们就会马上返程回家的。

由于母亲有这些不好的感觉，父子俩又让她下车来，亲眼欣赏一下这艘即将带着她的孩子远航的坚实的柴油船。她便再不说什么，只是亲了亲男孩，将他拥在怀里，祈祷上帝与好运伴他左右。她不再提那些不祥的预感，在人们即将远行的当口预言什么灾祸，实在不合时宜了。再说，关于航海与捕鱼，关于海洋的危险，她又知道些什么呢；母亲从未出过海，而她的父亲、哥哥和祖父都死在了海上。从冰岛出海，有如在战时从军。

约莫一星期的航行过后，"海鸥号"抵达了渔场：纽芬兰岛边上的"三趾鸥银行"。一开始，捕捞进展平平，我们刚才说过，首次下网的时候渔网还有破损，而后再次下网，吊起来后网就全烂了：渔网负载太满以致被撑爆了，可那时不过才拖着网走了一刻多钟。接下来就换到左舷下网，甲板上的网工则开始修补破损的那一张。普通船员劳鲁斯负责针篓，将线绳缠上宽宽的网针；网工手快，针一会儿就用完了。劳鲁斯一边往网针上缠着修补和结扎用的线绳，一边满怀崇敬地盯着这几个网工，看他们赤手埋头补着这张湿透的网。他们到底是怎么弄清哪儿是哪儿的？就在几天前，他们之中还有几个喝得烂醉如泥，不省人事，眼睛醉得通红，脸上爬满炸开的毛细血管，而此刻他们却毫不含糊——这里要几个网眼，那里要几个网结，而哪里又只需补上"燕鸥脚"，也就是破损的网眼即可。

不久前睡在劳鲁斯这个铺位上的一定是个补网工，因为旁边的墙上正好贴着一张巨幅渔网图纸，上面标记得仔仔细细，翼网、腹网、囊网，还有密密麻麻的数字，明白写着网眼和网结的数目。劳鲁斯决心照着这张图学习，尽己所能地吃透所有内容，期盼自己来日成为一个名副其实的补网工，一个能将甲板上那一大摊湿漉漉的错综鳞网一一解决的魔术师。作为一名老练的补网工，他到时可以想从哪里补起就从哪里补起，无论遇上黑暗、颠簸、浪涌还是雨雪，他都能迅速准确地理出头绪：这儿和那儿需要什么样的结，需要几个。干完之后他捡起刀，割去半空了的网针，把渔网往甲板上一撒，说："好了。"

捕捞窘困至此，考验着每一个人的耐心，甲板上有不少人骂天咒地，咒骂渔网、咒骂海洋、咒骂寒冷，而当时不过才零下四五摄氏度，只比海水冷那么一点；或许骂着骂着，甲板上的这些人能觉得暖和一点吧。而操舵室里是温暖的，船长或大副与监舵的船员一起值班，他们嘴里没有咒骂，只是表情严肃地给出命令与指示：松网、起网、下网、换网。

接下来的捕捞情况好转许多，毫不夸张地说，简直是有如神助。每次的拖网时间不过十到十二分钟，但当渔网从海底升到海面时，网身便会直接弹出，仿佛充满了空气似的。里面也的确充满了空气：朱红颜色的鱼儿一脱离海底的强大重力与压力，身子便整个鼓起，粉红的鱼鳔从鱼嘴膨胀而出，就好像鱼儿在吹气球或者火箭筒泡泡糖似的。

大家都知道平鲉通体大红，不似其他鱼一般满足于浅灰、蓝色与黄斑；平鲉也很危险，背部支出的鳍条无比锋利坚硬，能够刺穿橡胶手套乃至厚实的靴子。另一方面，平鲉亦无须太多处理；无须挖去内脏，即可整条送入鱼舱。人们用鱼叉将其移进鱼池，清洗过后投入渔笼，之后就直接倾倒进鱼舱，一般都是通过直通鱼池的斜槽。底下的鱼舱里有一部分船员接应。渔获在被装卸进鱼池的同时，需要混入适当比例的冰块；在船只出发之前，所需冰块已被提前注进了鱼舱。
冰块被成堆摆放在一起，有点冻住了，聚成了一大块。
一个船员拿着镐头，将冰砸成小块；其余人拿着钉耙，
将鱼铲进鱼池；另有人负责在鱼上铺冰；他们就按这
个顺序继续干下去。随着鱼池里的鱼越积越高，人们
便在鱼池四周依次钉上活板，将其封闭起来。越到后
来，往鱼池里铲鱼就越困难，船员们要将铲子高举过
头顶，抱怨是没用的；不过要是被平鲉的鱼骨刺中了，
骂上一句"他妈的"也属正常；每一声咒骂都伴着一大
朵雾团。

　　捕捞的进度要是迟缓，又或者就那样不好不坏，
鱼舱船员就下到舱内去，给上一网捕上来的鱼撒冰；
可能这一网的鱼还没拖上来，他们就把手头的活计完
成了。然后，他们便脱去工作服和靴子，在热烘烘的
食堂里坐下，抽上一支烟，或者再喝上一杯咖啡，等
着疲累一点点退去，任思绪信马由缰；侃侃自己对世
界局势的见解，听听其他船员的牢骚，不过现在可没

有这个工夫。过不了一会儿，渔网就又会被撑得满满当当的从海底吊起来了。绞机轰隆，喷溅出水花，甚至是水柱；被这轰鸣与水雾包围着的甲板船员，忽然将手探进工作服底下，从胸前的口袋里掏出一根没有滤嘴的香烟，用潮湿的火柴盒里的火柴把烟点燃；谁的掌心拢着火焰，大家便向谁那儿靠拢过去。捕上来的鱼要分批上船，要是一下子把载满渔获的渔网整个提上甲板，船身就有翻覆的危险；当然，船员们也从没这么干过，毕竟船上的动力与拖索都不足以承受这等重量。渔网最底下或最靠内的部分，即网囊中的渔获，则会被一次性吊起。缠在网囊外的绳索被称作提纲，上面挂着一只挠钩。钩子连着起重钢索，这条钢索则被挂在一根直梁上；直梁既能旋到船舷外侧，又能转至甲板上方。网囊的底部以绳结束紧，这个结长得就跟大家看过的西部片里，拴在绞刑架上吊罪犯的结差不多；不过网囊底下的这个结，只需猛力一拽便能解开。负责解结的人被叫作囊人。囊人跑到网囊下，身上穿着防水服、头上戴着防水帽，因为里面不断有海水和黏液泄出；扯开绳结后，他迅速闪到一边，网囊里的渔获则哗的一声被卸到了甲板上。照当下这种捕捞进度，渔获能一直堆积到船舷边上，上一网里还没来得及送进鱼舱的鱼也都堆在外面。

捕捞作业最繁忙时，甲板上的人手怎么也不嫌多；大家要努力赶在下一网拖上来前，把这一网的渔获填进鱼舱，但总是应接不暇；鱼舱里的船员也要全力以赴，加紧处理抵达舱内的渔获：弯腰、铲鱼、劈砍，有的人就只穿着衬衫和汗衫，全然不顾舱内的寒冷。

像这种拖网渔船上，船员一般是两班倒，六小时上甲板，六小时回床铺，以此类推；一半的船员值完夜班，再值一个下午班，另一半值早班还有傍晚班。而要是赶上这种大型捕捞，值班就被打乱了，船员们一天最多能有六小时的吃饭、洗漱和休息时间，但大家一点牢骚也没有。有时，船队里的老船员会念叨起那句老话：捕春鱼，不春眠。

"死后自会长眠。"也有人这么说。

大家都知道，捕鱼捕到黑白颠倒的时候，这艘船用不了多久就能给装满；返程回航的那个星期有的是时间休息。

情况就是这样：星期二的时候，什么都还未就绪，破破烂烂的一团糟，而到了星期三，一切就走上了正轨，船员们一个个拼着劲地将捕来的渔获弄上甲板、送进鱼舱，接下来的一夜一天再一夜里都是如此，之后就到了二月六日星期五，捕捞作业的势头依旧有增无减。天气很平静，大海也是。海面能见度良好，能望得见其他船只："哈帕号"就在那边的某个地方，"波塞冬号"也通告说他们抵达了，还有"勇士号"，还有西德人、英国人、加拿大人、俄罗斯人，人人都在这儿淘朱红色的平鲉；鱼骨有时刺中了人，伤口就会感染生疳。星期五渐渐过去，"海鸥号"船长也预计捕捞作业收官在即，鱼舱在当晚大概就能被填满。星期六黎明时分，他就会告知大家：捕捞就此结束，接下来的任务就是把剩下的渔获送进鱼舱，做好航海准备后，即可启程返航。

二月七日星期六早晨，也就是风暴来袭的那一天，船长来到操舵室里；天边阴云笼罩，他意识到，他们不能再拖延下去了，必须尽快装船，预备返航。加拿大气象局发布了"三趾鸥银行"及其周边海域的风暴预警——每当这片区域刮起冬季的寒暴，海面总是翻腾得无比厉害。通过种种征兆，人们也觉察得出，某些事情正渐渐逼近——例如，每天早上固定要从海上飞过的三趾鸥不见了踪影，而往常它们可是几乎从不缺席的。海面下的潜涌也渐渐沉重起来，这恰恰就是恶劣天气将近的征兆，即便"海鸥号"周围的海面几乎没起什么波澜；此时的船只腆着沉沉的肚囊，乘着浪花浮浮沉沉，鱼舱内的载重将近四百吨。日出的时间早就过了，奇怪的是，天色却还那么黑；虽然基本瞧不见顶上的云，天上却透着某种铅灰与晦暗。气压计也一跌不起，指针压得特别低，船长敲了敲墙上的气压表，指针竟跌得更低了，直直地向下方弹去，指到了外文单词Storm（风暴）上。

然而甲板上还满满登登地堆着鱼，此刻所有船员都必须加紧将鱼尽快填进鱼舱，在任务完成以前一刻也不能停下。两张渔网都还未收起，吊架上的拖网板还在船外晃荡着。几个人被派去收网板，将其固定上锁，可这时候要按通常的方式收束渔网却太费时耗力。水手长和其他几人前去捆网，并用鲸背甲板下的锁链将其压住。钢索都被缠进了绞机当中，然后用锁锁住——要是风暴真刮起来，钢索最好别来添乱，松脱的钢索很可能会卷进船舵和螺旋桨里去。

当年轻的船员劳鲁斯告别完父母，挥别过越开越远的威利斯吉普后，他踏上步桥，登上了"海鸥号"。他走上操舵室，跟里面的大副报到；大副说船员们正在渐次登船，一切即将准备就绪，他可以到船只最前方的鲸背甲板下的船员舱里找个铺位，船尾的食堂里应该有热咖啡。劳鲁斯背着水手袋走过甲板，打开一道铁门，踩着几节台阶往下走去。底下有两间船舱，每一间都喧哗得很，混着醉话和浓重的烟气；劳鲁斯犹豫着要不要进去。往下还有台阶，他顺着走下去，来到另一间船舱，两侧都有铺位，却没人在；其中的两三张床上放着破破烂烂的水手袋，还有一张床上放了条毯子。劳鲁斯找了一张空着的上铺，把上面的一点旧破烂扔到墙角，将自己的东西归置好。醉言醉语的喧嚣从头顶传来，侧舷摩擦过港口边用作护舷的汽车轮胎时，还发出尖利的嘎吱声。

他走到船尾的食堂，在那儿碰上了一个跟他年龄相仿的做帮厨的男孩；他们向彼此介绍了自己，劳鲁斯接过一杯咖啡和一片铺着奶酪的白面包。这时大副探头进来，就是他在操舵室里见过的那位；大副告诉劳鲁斯，现在他们正在把最后一个人弄上船，接着就

可以马上开船了，然后叫劳鲁斯到鲸背甲板上去帮忙
收拾系船索，之后就可以去休息了，不过也要做好被
叫去操舵室值班的准备。接着他又补了一句："你一点
酒也没喝，对吧？"

　　这时引擎陡然轰响起来，劳鲁斯就向大副点了点
头，然后往鲸背甲板走去，上面还有另一个船员，他
们俩看到有两个人正使劲把第三个人架上船来。这第
三个人长得健壮又魁梧，却喝得烂醉，还耍着酒疯。
他推推搡搡，冲人嚷嚷着："让他妈的这破船见鬼去
吧，你们也他妈的见鬼去吧。"这时大副也过来帮忙，
他们架着壮汉过了步桥，消失在鲸背甲板下。劳鲁斯
没看清他的脸，不过觉得他有点眼熟。这位彪形大汉
一会儿又放声狂笑起来，随着钢门砰的一声关上，里
面的笑声也渐渐淡去。

　　码头上的人将系船索从带缆桩上卸下，劳鲁斯和
同伴则将缆索拉上船来，船身随之向后一沉，螺旋桨
搅出的水沫拍上船侧；船头的指向越来越偏离码头，

接着系在船尾的缆索也被松开了，"海鸥号"于是掉转方向，朝港口出口驶去，灯塔的闪光映在两侧船舷上。孙丁湾[1]的灯火与浮标也闪着亮光。"海鸥号"从一艘运货船和两艘拖网渔船旁驶过，城市里的那一片光海渐渐远去，他们终于踏上了这漫长的旅途，奔向北美洲的纽芬兰渔场。

当劳鲁斯又来到下层的船员舱时，舱内已不再是空无一人，刚刚人们费了好大劲才给弄上船的那一位大家伙正鼾声雷动，躺在其中一个铺位上，衣服也没脱。劳鲁斯这时一下就认出了他——圣诞节前，劳鲁斯曾跟着另一艘渔船一路北上至漆黑的北海海域，他就是那艘船上的水手长。

劳鲁斯爬上自己的铺位。随着他们渐渐远离港口与陆地，船身运动的幅度也越来越明显，他所在的船头也在浮浮沉沉。柴油机位于船尾，可船上到处都听

---

1. 孙丁湾（Sundin），雷克雅未克以北的一片海域。

得见它的轰鸣声，墙壁、地板、床板都跟着共振。喧闹人声与酒瓶的碰击声从头顶传来，另一个铺位上鼾声依旧，嘴里嘟嘟囔囔的，夹杂着喉间的痰音。伴着这些声响，劳鲁斯睡着了。而后砰的一声巨响，劳鲁斯醒了过来。他不知自己睡了多久，只觉得自己仿佛在飞。下面传来一股子恶臭，有脏床垫和沾满鱼黏液的衣服的味道；陈年的鱼腥气，还混着焦油旧渍和烟草的气味，呛得鼻子和嗓子越来越难受，令他头晕目眩。虽然盖着厚厚的毯子也出着汗，劳鲁斯还是觉得冷。他从没晕船晕得这么厉害过。现下颠簸的幅度越来越大，他一下被颠了起来，好像坐上了一架疾速上行的电梯，好像地面从脚底下——更确切地说是从后背——给噌地抽走了，他和这艘船又开始双双自由下落，直至轰隆一响、水花四溅才停下来。可随即又是砰的一声巨响，就好像紧靠着他耳朵的船头撞上了什么又大又硬的东西。

　　船身颠簸依旧，仍在起起落落，每到摇晃得最剧烈的时候，就又会传来一声刚刚那种可怕的巨响，仿佛有谁拿着长柄大锤——兴许就是雷神索尔那柄战锤——在船头最前部、劳鲁斯耳边的位置，抡了这艘船一记大嘴巴子。他越想越确定，一定出了什么大事，出了什么非常严重的事，一会儿肯定会有人叫起来、嚷起来、骚动起来，大伙儿都会得到命令到甲板上集合，或许这艘船快不行了，一会儿就要沉了。但并没有什么异常的叫喊，有的只是从上层船舱传来的醉汉们的沙哑话音。不过他们又能知道些什么，按照他们这个醉法，估计早就不把沉船这种小事放在心上了吧？旁边的大家伙还在打着鼾。这时，船头高高撅起，往小伙子所在的左舷摔下去，他能感觉得到船头重重地拍在了海面上，紧接着又是砰的一声巨响，而这次比前几次声音都大。劳鲁斯跳到地上，他害怕极了，摸出橡胶鞋，穿上毛衣和裤子，开始往甲板上走。他拉开钢门，向外张望。

操舵室的窗户基本一片漆黑，只有一点微弱的光亮，舷灯则照亮了船舷上缘两侧浪沫四溢的伴流。船只劈开波浪时，溅出的水花翻涌上甲板。劳鲁斯趁机关上钢门，穿过甲板，登上桥楼两翼下的舱梯，进了操舵室。大副被烟斗的雾气包围着，舵手的唇间叼着一根抽了一半的烟。劳鲁斯进来时，他们俩都抬起头，但并没表现出任何不友好——有人能打破这操舵室的黑暗，或许也算得上调剂。劳鲁斯知道他们都在等着他开口说点什么，解释一下他来这儿干吗，他尽力装出镇静的模样，询问他们现下到了哪里，但也发现自己的声音又害怕又虚弱。大副问他是不是不大舒服，睡不睡得着，舵手满怀同情地看着他，冲他所站的方向吐了一口烟。劳鲁斯清了清嗓子，说他一切都好，就是他躺着的船头位置时不时总有轰隆的响声，好像他们总在碾过浮标之类的东西。大副跟站在舵柄边上的舵手交换了个眼神，俩人相视一笑，大副说，希望他们没把这一路上的所有浮标都给碾碎。不过他们现在正在穿越雷恰内斯半岛[1]附近的潮水，海面起伏也比较大，船只颠簸得厉害的时候，左舷的锚会稍稍扬起，等到船头再次落下，船锚就会打上钢板。像这样已经有好一阵子了。

劳鲁斯努力让自己听起来显得一点也不害怕，但还是假装随便地问道，有没有什么解决的办法。大副的回答是，办法当然是有的，不过有没有人管可就不知道了。就算总有船员抱怨这种那种的不便，船老板们也不会上赶着帮忙的。像是北部的"埃亚峡湾人号"——他们也跟我们一样要去北美——上面的船员都抱怨好久了，说船里有点进水；大家还管那艘船叫"进水号"，因为船头总会深深地扎进浪里。就算这样也一直没人管，直到几年以后，有一次船上了船台，人们偶然间才注意到最前面的油箱是满的，而且自打船造出来以来就是如此——所有人都以为油箱是空的。几

---

1. 雷恰内斯半岛（Reykjanes）位于冰岛西南端。

百多吨的重量在那儿拉着船头往下坠。

"'海鸥号'现在也他妈没少进水,"舵手说,"有人检查过没有,船头是不是也藏了个备用箱?"

"没有,"大副说,就他所知还从未有人检查过,"况且,'海鸥号'前倾得也不如'埃亚峡湾人号'那么严重。"

舵手是船上年龄最大的船员,已经快七十了。劳鲁斯后来有一次问他,为什么还要继续出海拼命。

"除了这个我什么也不会。"老者回答说。

然后大副告诉劳鲁斯,到了早上他会被叫来到操舵室值班,于是劳鲁斯便出去了,趁着没有海浪拍上甲板的时候,又一路小跑回鲸背甲板。当他回到下层船舱和自己的铺位上时,船锚又击出一声巨响,不过既然知道了世界并未在崩塌,他也就安心了。水手长那庞大的身躯也还躺在那儿打着鼾。

上一次出海时,在另一艘拖网渔船上,在地球最北极的浓黑里,发生了一起事故:有个箱子的盖子没有盖严。如果盖子用螺钉拧紧了，那么它应该是完全密封的，但不知是哪儿出了差错，总有液体顺着箱沿灌进去、漏出来。劳鲁斯始终也没搞清楚，有问题的到底是淡水箱还是油箱。船上的轮机师们一直在想办法把它拧紧，最后拿出一把长柄管钳，由三个水手一齐上阵，使出全身的力气开拧，终于拧紧了一点。可再一检查，发现还是没完全拧紧，这时水手长抄起一只普通扳手，顶住箱盖，单手拧了半圈，就修好了。

水手长结束了北极圈内的黑暗航行，准备归家之际，他最期待的除了让双脚重新踏上坚实的大地，还有就是跟与他同居的女人和她的女儿团聚。他们同居一年多了，也就是他不用出海的那些日子，但每一次的离别都格外漫长。那些年里，冰岛海域的渔场挤得水泄不通，也有英国和德国的拖网渔船，因为一些国

家不满冰岛人扩张领海与渔区，还爆发了鳕鱼战争
（Cod Wars）[1]。英国派了战舰护卫他们的渔船船队，跟几
艘小破船对峙；而这些小破船在冰岛人这儿叫海岸巡
逻船，在英国人那儿则叫炮舰。迫于情势，冰岛的拖
网渔船便前往更为遥远的渔场，比如前面提到的北极
巴伦支海渔场，再比如扬马延岛、斯瓦尔巴群岛、格
陵兰岛地区的渔场，最近还有纽芬兰海域这片富饶的
平鲉渔场。

　　许多个星期后，当渔船的船员们终于返回陆地时，
他们已经过了很长一段单调又乏味的日子，每个星期，
每天二十四小时里都要轮十二小时的班，其间就到食
堂吃饭，或许还有时间来洗漱、梳头甚至看看书，再
剩下的就是睡觉、工作，工作、睡觉，没有任何娱乐
活动，一滴酒也甭想沾。那么，当这些人终于回到陆
地上时，他们会去干什么呢？其实就跟岸上的人们在

---

1. 一九五八年至一九七六年，冰岛与英国之间因领海与渔区界限爆
　　发了三次渔业冲突，史称鳕鱼战争。

周末时——当渔船的船员还在海上捕鱼时——干的事情差不多：穿上最像样的衣服——打光的鞋子、洁白的衬衫、甘草糖似的细领带，然后光临太阳餐厅或者布雷扎峡湾人餐厅[1]，最起码也要去一趟卖酒的商店，让酒精暖一暖肺腑。只不过渔船从不在周末的时候靠岸，一般兴许是星期一或星期二，这种再普通不过的日子。当其他人都在工作的时候，渔船的汉子没准已经半醉，正要踏上一辆出租车，脚下却站不太稳。他们像是一群已经戒了酒的人，几个星期以来，脚步始终随着海浪摇晃，这下准备把戒的这些酒和受的这些累统统补回来。水手长回到岸上的时候就是这么想的，他要赶紧享受一下回家的感觉，抱抱自己的女人，看看孩子眼中的亮光，不过这些都可以再等一等；当他终于坐着出租车回到家，穿着肮脏的白衬衫，系着歪斜的细领带，右手的酒瓶子空了一半，脚下的绅士鞋踩着湿

---

1. 太阳餐厅（Röðull）和布雷扎峡湾人餐厅（Breiðfirðingabúð）均为雷克雅未克港口地区过去的餐厅兼酒吧。

石子，尼龙的鞋底都快给磨平了的时候，重逢的喜悦不知怎的也就消逝了。

可在这趟漫长又无聊的北极之行后，在五个星期的苦干最终只换来最低保障后，终于能在圣诞节之际回到岸上，自然会给他带来无穷的期待：回到家里，躺在铺着白被罩、白床单的温暖而整洁的床上，躺在自己的女人身旁，睡上一整晚的好觉，跟孩子咿咿呀呀地说会儿话，跟他爱的人待在一起。但是做水手长的不能跟撇缆一样，一撒手就跳上岸去，船上的好多事都需要他来处理和完成，而等到他终于把事情都处理完了，可以跳上码头，找辆出租车离开的时候，有些船员已经拿起酒瓶。他班上的一个船员刚去了趟港口边上的餐厅，订了辆好车，桌子上那两瓶阿夸维特酒也是他迫不及待弄来的。当水手长走过来拿自己的水手袋时，船员们肯定会叫住这位大力士、这位英雄、这位硬汉。

"要不要来一口，驱驱寒？"

寒气当然还在。极地的黑暗已然渗进了每一处感官，钻进了灵魂深处，他又怎能拒绝一小口烈酒呢？反正也没什么坏处。而这一坐下可就没完了，不知不觉间这伙人就来到了人民宫的地下室，到了第二天水手长才醒过神来，打了辆出租车回家。在这之前，他已经睡醒过一觉了，醒过来后又灌了几口酒，才鼓足勇气做出了这个重大决定。而跟他同居的女人则完全受够了，给他下了最后通牒，她说，跟这种男人过的算什么日子，好几个星期见不到面，一见面还是这么一副烂醉的模样。一刻钟后，她就收拾好了自己和孩子的衣服，打了另一辆出租车，走了。水手长呆坐着，他首先想到，他既然是个男人，就没什么忍不了的，女人的那点神经质哪能奈何得了他；可他还是心灰意冷了，当晚的晚些时候，他决定投海自尽，结束所有这一切。他坚持了计划的前半段——投海，在福斯沃于尔[1]加油站下的海里蹚了好一段距离，但他没有选择

---

1. 福斯沃于尔（Fossvogur），雷克雅未克地名。

结束这一切。虽然他还是坚定地认为生活没有一点意义，但他突然发觉大海太恶心了。大海，他工作的这片又冷又脏的地方。一想到自己的口鼻和肺里将被这些个脏东西填满，然后再被冻得一直发抖到死，他就受不了。在干爽的陆地上，穿着温暖的衣服，又或者在别人的陪伴下度过这一切又有什么不行的？所以他就走了，去见了几个老朋友，决定跟他们一起喝个烂醉，最好是能晕晕乎乎地笑着死过去。

现在，他朝着这个目标已经努力了一个来月，觉得自己的进展相当不错，因为他已经呕了好多天血了。但他还没完成任务，就一时心软答应了随"海鸥号"一起出海。可就在上船的时候，他突然记起来他原本的打算是要往死里喝酒来着，所以在人们把他拽上船，或者说架上船的时候，他才气成那样。这下他所有的计划全都泡汤了。

到了早上，劳鲁斯来到操舵室，穿着毛衣、厚裤子和橡胶鞋，站在船舵边上。时间已是早上七点，外面还是一片浓黑，北境的一月末就是如此。他们在开阔的海面上，朝着西南方向，向格陵兰岛的最南角驶去；这里没有地标，没有光亮，视野所及也没有其他船只。此时是阴天，雨击打在操舵室的窗户上，风与浪仿佛迎面冲来，船头不时深深地扎进浪里，浪沫便横冲上鲸背甲板，一下砸在操舵室上。船侧的航行灯闪着光，操舵室内则一片漆黑，只有仪器的微光——雷达和罗经。劳鲁斯负责的就是导航，他将罗经的准线对准西南方向，站在舵柄旁，试图使其保持稳定；波浪与海流将船头冲离了正确的航向，令其偏转了约莫几度，这时就要把舵稍稍给到另一个方向，将航向调正，但也不要一下给得太多、太猛，以免船过度偏转到另一个方向上。凭着自己不算多的做水手的经验，劳鲁斯知道，对负责旋转这柄木轮——也就是老水手口中的舵轮——的舵手们来说，他们所需转动的幅度越小，就显得越专业。劳鲁斯很努力，要是自己使的劲太猛，从左舷一下偏到了右舷，他还会很懊恼；不过这种情况不算多，他的表现其实很不错，至少大副什么也没说。不一会儿船长拿着咖啡壶来到操舵室，换大副的班的时候，也没有说什么。

两位长官就航向与天气小声讲了几句话。劳鲁斯觉得应该向船长做个自我介绍，告诉他自己叫什么。船长对他点点头，态度很友好。他又点点头，说："不错，小伙子。"然后就进了后面的海图室，无线电台与电讯组都在那个房间里。劳鲁斯被一个人留在操舵室，继续工作。周围只有无垠的海，现下天渐渐亮了，而这世界尽是灰与白；波浪、海沫、天空，还有零星飞掠而过的风暴鸟。劳鲁斯觉得自己看见了一只追着他们的船飞的小黑背鸥，一种跟他同名的生物。有一年圣诞，他收到的礼物是一本冰岛鸟类图谱，书里写道，这种鸟的学名是劳鲁斯·福斯库斯[1]——所有海鸥的学名都是劳鲁斯什么什么的。

船上的人也起床了。他们从鲸背甲板下出来，小心翼翼地往船尾走去；食堂和厨房都在船尾。在去值班掌舵前，劳鲁斯给自己弄了杯咖啡，加奶加糖，跟在家的时候一样，不过他才喝了一小口，之前躺在船头铺位上、听着船锚猛砸船身时的那种恶心感就再度袭来，他便把咖啡倒进了水槽。而一到了操舵室，他突然就不恶心了，他站在船舵旁，随着船只的运动伸伸左脚又伸伸右脚，保持着平衡。

有个人上来了，是无线电报务员，他友好地向劳鲁斯做了自我介绍，又跟船长说了声早上好，船长小声回应了一句。接着他就坐在仪器旁，电台里传出杂音和人声，报务员一一回复，给出"海鸥号"的船舶呼号，交谈数语后说，完毕，接着向船长报告道，他刚

---

1. Larus fuscus，小黑背鸥的学名。

刚与"哈帕号"与"勇士号"通了话，两艘船都在前方不远处，比他们大概早半天，他还得知，"波塞冬号"延误了，至今还未出港。

操舵室里已经亮了起来，劳鲁斯端详着里面的各种陈设，他觉得这里整洁得出奇——地板上铺着一方绿地毡，墙板用的是深色木材，仪器、门把和窗框都被擦得光亮。操舵室里还有一股淡淡的汽油或汽油制品的味道，还有一点混着烟草味的微弱鱼腥气。船长站在右舷窗边，挂在窗上的雨刮旋转着，甩去雨水和溅起的浪花，清出一片明朗的视野。车钟也在船长身边，他推动手柄即可变换用英语拼写的指令——full, half, slow, dead slow, stop, astern[1]，由此向机舱的船员下达指令，指示船只应如何行进。他还有一根伸进机舱里的铜管，这根管子可以将他的声音传送至那里，轮机师的话也可以顺着管子传上来。

1.全速，半速，慢速，最低速，停，后退。

　　船长是个中年男人，一头深色头发已有些泛灰，个头中等，话不多，别人跟他说话的时候——无论是电报员还是大副向他汇报信息，他答话的声音总是很小，除非是要冲着机舱里或者操舵室外喊话，那时他的声音便格外洪亮有力。劳鲁斯之后还能亲耳听到，在必要的时候，船长能让所有人都听得见他；比如在他冲甲板上的人发送指令时，他的声音便清晰又高亢，甚至盖过了绞机的哀鸣与风雨的呼号。劳鲁斯之后还听一位船员说起，他们船长的嗓音是多么强大、响亮：在冰岛的渔场上，要是有很多艘船在同时捕鱼——比如说经常一船挨着一船的哈利渔场[1]，他如果冲着甲板一声令下，喊道："撒网！"旋即只见周围的二十来艘渔船全都在嗖嗖撒网。

1.哈利渔场（Hali），位于冰岛西北海域。

左舷的救生艇消失在汪洋中后，"海鸥号"又恢复
了平衡，挺直起来，而船身微微晃动着，似乎就快被
冰体的重量压垮。船长站在车钟与通向机舱的铜管旁，
旁边是那扇粉碎之后已然洞开的窗户。他凝视着海
浪，海浪时而将船身扬起，时而又将其打进波谷，经
验告诉他，现下的波高应该有十五到二十米。务必要
保持逆风与逆流的航向；碰上后舷风的"海鸥号"根本
不堪一击，何况船上还结了这么一层冰，尤其是覆盖
在整个鲸背甲板、起锚机还有舷缘上的这座冰拱；从
船尾涌上的狂浪足以击沉船头，将其砸进这巨浪的深
处。另一方面，一直保持现在的航向行驶也属无奈之
举，这样下去船只会越来越深入越发冰冷的海洋中。
但现在也顾不得这些了。船长明白，他早晚都要派人
去铤而走险，尽力将鲸背甲板上的冰凿去一些，可是
现下这一招还是太过冒险，他们必须等待，等待转机。

滔天的巨浪往甲板涌个不停，甲板上一处抓手也没有，只有一层冰。

　　船长还要确保引擎不能出故障。这台英国制造的引擎稳定又可靠，其实很少出毛病，可现在引擎的负荷很重，一会儿加速一会儿减速，一会儿停下一会儿后退，就难保不出故障了。船员们踩在操舵室和桥楼的房顶上，正在凿上层建筑上的冰，当当的敲打声此起彼伏。上层建筑上的所有东西都被冻住了，就连雷达也是；雷达不转了，因此无从得知周围是否有其他船只。"哈帕号"已经杳无音讯，完全不再回应呼叫；之前收到过两三艘外国船只发来的 Mayday 求救信号 [1]，但信号也模模糊糊的——电台里的杂音干扰太大。

　　上层建筑的下层位置也有船员，这块从操舵室后方伸展出来的区域叫作舱棚。跟其他人一样，这组人也接到了严格的命令，必须用绳子把自己绑在船上的

1. 国际通用的无线电遇难求救信号，在有生命危险的紧急时刻使用；原为法语"m'aider"，意为"来救我"，英语发音为 Mayday。

某个固定物体上。可船长对这些在外凿冰的人仍不放心，做船长的最怕的就是他的船员会出什么意外；有的老船长在操舵室里站了几十年甚至一辈子，每每听他们讲起自己的船员连根小拇指也没丢过，都让人从心里感到一种由衷的高兴。

而现在他没空想这些：一波急浪正向船只逼近，方向稍偏左舷，而浪头就跟雷克雅未克新建的《晨报》大楼一样高。他赶紧扯开门，冲着正在舱棚上凿冰的船员们大喊一声："浪！！！"又在浪头快要打上船前紧急减速。船身猛地摔向一侧，沉重地浸在海水里。这波巨浪铆足了劲砸在船只的上层建筑上，海流亦顺着洞开的窗户倒灌进去。"海鸥号"随之倾斜，向右舷侧躺倒，操舵室上的船员必须死死抓牢才不至坠落。而等到浪头过去，船体却并未重新直立起来，而是不停往右舷危险地倾斜。

这时，浑身已经湿透的船长又将门拉开，指挥舱棚上的船员进入操舵室，很快他们便一个个进来了，

一、二、三、四……终于所有人都齐了，身上又湿又冷，好在还活着。船长将车钟重新调至半速前进，可是船身侧倾得这么厉害，他很怕螺旋桨会连着船舵一起拱出海面，那样"海鸥号"还有船上的所有人也就都玩完了。他又冲着铜管喊出命令，机舱内的船员显然已经做好了一切准备：引擎已经重新启动，能听到他们正在将燃料加到左舷的油箱里。

刚刚在船尾舱棚上的船员显然被吓得不轻，其中的三个像孩子似的一屁股瘫在了地上，或是垂头盯着地面，或是眼神空洞地呆视前方；还有几个人是攀着已经陡斜的梯子爬上操舵室的，他们的脸上也写着恐惧。今天早些时候把左舷的救生艇抛进海里的那几个船员也来到了操舵室，二副问道："他们是不是该把右舷的救生艇也扔进海里？"

船长心里一沉；这下这么多船员都听见了，听到他们必须采取这种万不得已的办法，何况船要是沉了，他们就无处可逃了。而二副好像听见了船长的心声似的，说："船上不是还有几艘橡皮筏吗？"

　　得到船长的指令后，他随即跟另外两个人一起拿着凿具前往船尾的救生艇甲板。他们将自己绑在舷栏上，面如死灰的船员们沉默地听着一声声敲砸声，而后某个沉重的东西滚下船去，船身也渐渐开始恢复平衡；动作虽然滞重，但确是在缓缓直立。引擎运转着，螺旋桨旋转着，船舵一切正常；风暴在呼啸，海浪拍击着船体，水花一溅上钢身即冻结成冰。

　　船上的人们很清楚，大海的温度已跌至冰点以下，他们已被卷入寒冷的极地洋流；他们需要向南前进，到更暖的海域去，可那就意味着他们必须顺风而行，让船尾对准风吹来的方向，从而朝南方驶去。可照目前的情况来看，这个办法根本不可行，他们根本没有其他选择。凿冰已让他们穷于招架，船上又不断积起新的冰层。裹住拖网绞车的冰拱已蔓延至操舵室的窗下，鲸背甲板上的"冰川"也依然堆积在那儿。抛掉救生艇后，船只的运动本来已趋正常，但很快就又失常了。船员们必须武装上锤子、斧头、扳手、水管，人数越多越好，剩下的就只能希望他们可以赶得上海浪、严寒、冰层与冰块形成的速度，然后向上帝祈祷：天气千万别再更坏了，最好是能好起来啊。

这一天是二月八日星期日接近正午时分。厨房里飘出一股食物的味道，忽地叫人振奋起来。美食的香气总是如此，哪怕是死囚享用的最后一餐也不例外，可我们又知道什么呢？船长指着操舵室里一半的人员，命他们到外面去凿冰，而另一半——也就是刚刚在船尾舱棚上被巨浪击中、险些被全部淹死的船员们，他让这些人进到船舱里去，往肚子里填点热腾腾的食物，之后再出来顶替那一半人。他又用铜管向轮机长喊话，请他上来一趟；他想问问他，应当怎么处理积在拖网绞车上的这座冰拱，能不能迅速开一下绞车，或许能破开外面的冰。

轮机长是个年轻人，也就二十出头，但仍是机舱的头儿。一共有五个人负责管理引擎，三个轮机工，两个润滑工。碰上这种天气，机舱里一般都有两个人一起值班，以便快速回应上面操舵室传来的指令，以及处理底下舱内可能发生的故障；与此同时，其他人有的在外凿冰，有的在试着休息，还有的在锯管子，准备凿冰的器具。轮机长学过这种大型柴油机的操作方法，船上用的就是拉斯顿的1322马力机型，年龄更大的轮机工则更习惯操作以前船上一直用的蒸汽机。

不知怎的，在这机舱里，被高温与震耳欲聋的噪音环绕着，反倒能让人将种种危险都置之度外了。不是说浑然忘记危险——那是不可能的，而是将全部精神都贯注在这台引擎上、船身的这颗心脏上，确保它还能继续搏动下去，哪怕此时外面的天气犹如异国爆发的世界大战一般。而当这些人走出机舱，登上操舵室，亲眼见到窗外的景象时，他们所能做的唯有继续咬紧牙关。

前往渔场这将近一个星期的航程大部分时间都很悠闲。船只径自辟出一条水路，人们可以参照罗经还有已经驶过的航程。航程是用计程仪估算出来的。计程仪相当于一个转轮，由船尾的一条绳索拖曳着，根据船只行进的状况而改变转速，估摸一下误差后，就能推算出每次航海值班结束时船只的位置。船员劳鲁斯被叫去监舵了好几次，他跟上级们说过，他觉得监舵很好玩，也很光荣；他跟大副一起值过班，有时还跟船长一起。机舱船员还有厨师也会到上面来。偶尔也会有想知道行船进程的普通船员。电报员也常在操舵室里，他是个博学的人，还管理着船上的图书馆，也就是两箱放在他那儿的书，每箱有四十本，由雷克雅未克城市图书馆的船舶分部提供；每一年，这些书箱会在船队的船只间轮换几次，好让船员们有点新东西可读。

　　在这漫长的旅途中，船上要做的工作其实并不多。
长官们当然就在操舵室里指挥航行，做饭和清理是厨
师的活计，轮机工就负责让引擎正常运行，给引擎润
滑，在需要修理的时候修理修理。普通船员们可以清
闲一阵，刚开始时还有不少人晕乎乎的，不然就是还
在宿醉，而从第二天起，所有人就都能下地了。网工
们和那些最有经验的、最能干的船员去检查捕捞器具。
其实出海途中需要经常检查渔网，以及时查看是否有
什么破损的地方，但这次随"海鸥号"出航的两张渔网
都是新检修过的，可以随时使用，自打装船后就一直
放着没动。不过船员们还是检查了一遍拖索、手纲和
提纲，某些地方有时需要绞拈或者可以绞拈。有些人
很喜欢绞拈这个工作，不过这也是个复杂的活计，既
要技巧，又要力气：要用一根钢制的大针头——也就
是穿索针——从多股绕成的钢丝绳里挑出几股来，然
后再按照规范将其与另外几股捻在一起。有的船员则
被派去做扫除，把船舱里面擦干净，给铜具、桥窗以

及各种金属抛光，地板也要拖一拖。大副让船员们都去把自己的铺位收拾干净，船尾还有船头的都是，收拾的成果当然参差不齐，而劳鲁斯和水手长所住的船头位置的下层船舱里，倒是没什么好收拾的。壮汉水手长起初很沉默，躺在自己的床上，很少下床，只有抽烟、翻书的时候才会坐起来。要是他跟劳鲁斯两个人都醒着，而眼神又对上的话，水手长就会用友好的语调打声招呼，认出劳鲁斯是上回一起参加极地航行的那个男孩。第三天，水手长下地了，饭点到了就去食堂吃饭，没事时就待在那儿。他还从电报员房间的图书馆里拿了几本书，往食堂板凳上一躺，一边看书，一边喝咖啡，一根接一根地抽烟。劳鲁斯来到食堂，也想要喝杯咖啡、抽根烟，但是加奶咖啡的甜腻味道总勾起他在船只刚出港、遭遇碰撞和颠簸时犯的那阵恶心，即便他现在已经不晕船了，而且食欲也很好。咖啡喝不了，想抽的烟也抽不了，实在是太可惜了，他在上船前可是买了一整盒滤嘴香烟。不过他发现喝不加奶的咖啡，抽掰掉了滤嘴的香烟，嘴里就不会发苦，也不会犯恶心。这可真是个好发现，劳鲁斯觉得这么一来他更是个船员了，而做船员也是他预想中的终生职业。这会儿，他穿着一件法兰绒方格衬衫坐在食堂里，拿着一杯黑咖啡和一根没滤嘴的香烟，壮着胆子瞅了瞅水手长正在读的书，封面上写着《流浪者》（*Wayfarers*），克努特·汉姆生著。

"这本书有意思吗？"

水手长过了好一阵儿才反应过来原来劳鲁斯是在跟他说话，他从书上抬起头来，向劳鲁斯看去，又翻翻手里的书，看了眼封面，似乎是想检查一下这本书叫什么——他之前从没想过这个问题。

"书里讲的是那种无家可归的游隼的故事。"他说，"我知道有这么一类人。"

就在同一天，劳鲁斯也到电报员那儿去了，想看看那几个图书箱——只要是为了看书而来找电报员的，他都非常欢迎，也愿意给些指导建议。船上的人们一致相信，船队的这些图书箱里的书，电报员差不多都读过了。这会儿，船上这位年龄最小的船员过来了。

"你想看点什么？应该是想看点正经的吧？这儿有诗歌，大卫·斯蒂凡松、斯泰因·斯泰纳尔[1]？你知道不，我们的水手长还出过诗集呢？在阿克雷里的奥德尔·比约松出版社出的。'黑暗的诗'，我记得是叫这个名，或者也有可能是'黄昏的诗'，可惜我们这儿没有这本书。"

从电报员那儿离开时，劳鲁斯拿了本关于航海的书，名字是《破浪》(*Breaking Waves*)，雷克雅未克的伊登出版社于一九四九年出版的关于海上漂流的故事。他父亲最爱的就是这类书，在他们雷克雅未克布斯塔迪区的家里，客厅架子上就摆了好多本这样的书，不过劳鲁斯记得应该没有这本。圣诞节刚刚过完，他们家又添了一本崭新的书，报纸里有不少这本书的

---

1. 大卫·斯蒂凡松（Davíð Stefánsson, 1895—1964）、斯泰因·斯泰纳尔（Steinn Steinarr, 1908—1958）均为冰岛著名诗人。

宣传广告，书名是《惊涛骇浪：英雄·海难·历险纪实　》(*Across the Hungry Sea, True Accounts of Heroism, Disasters and Adventure*)，埃伊尔出版社一九五八年出版的。父子俩都读得如饥似渴，两人有说不完的话题。这本书里讲了黄金国的最后一次航行、"安德里亚·多里亚号"的悲剧、"卢西塔尼亚号"的沉没，里面还有一段又长又可怕的叙述，标题是《我活了下来》(*I Survived*)，讲的是有史以来伤亡最惨烈的一次海难，即"二战"临近尾声时，"威廉·古斯特洛夫号"邮轮在波罗的海沉没，当时船上载满了东普鲁士的难民，都是一些因为苏军进逼而逃难的普普通通的市民。船上有八千多人，而得救者只有一千人不到，其他人全部湮灭于海中。这听起来或许令人难以置信，但在这次海难中丧生的人数是"泰坦尼克号"事件遇难人数的整整六倍。然而若论规模，恐怕还没有哪次海难能与一九一二年"泰坦尼克号"处女航的沉没相比。劳鲁斯还看过报纸和杂志里有关该事件的插图故事，但他父亲不喜欢这种作品，他另有一本丹麦语还是挪威语的大书，讲的也是将近半世纪前的这次海难。从劳鲁斯小时候起，他们父子俩就常常凑在一起翻这本书，看里面的各种图片和地图，地图上标出了航行路线，以及推测出的可能的失事地点；无垠的海面上，人们划着小艇远离这艘逐渐沉没的巨轮。

劳鲁斯带着从电报员那儿借来的这本十年前出版的书，来到食堂里坐下，和诗人水手长一起做伴读书。《破浪》讲的是冰岛海域的海难，有一段叙述让他读得入迷：一九二五年二月八日，数艘拖网渔船在哈利渔场遭遇了一场致命的冰风暴，今天是二月一日，事情已过去了将近三十四年，而这些描写实在太震撼了。

当水手长放下自己那本讲游隼的书时，劳鲁斯就开始跟他讲自己正在读的东西。书里说，在哈利渔场的这场风暴中，渔船上积冰不断，周遭的船全都倾覆了。他问水手长，他们会不会也碰上这种天气。水手长点起一根烟，说："我们的位置比他们靠南多了，哈利渔场在西峡湾北端，贴着北极圈，我们要去的是'三趾鸥银行'，估计跟伦敦的纬度差不多。不过谁又说得准呢，什么事情都有可能发生，不过以大家的经验，那片海基本没什么风浪。"

而同一天，他们便听说了新开设的格陵兰岛班轮"汉斯·赫托夫号"遇上的麻烦。船员通报说，他们的船正在格陵兰岛南角沉没，就在"海鸥号"现在所在位置的不远处，与"海鸥号"的航线相同。半个月前，劳鲁斯还在雷克雅未克港口参观了这艘新建成的壮观巨轮，而这艘船已经载着人员与货物向格陵兰岛进发，但碰上这种可怕的情况——"Mayday Mayday，我们正在沉没"——就只得驶往丹麦。"海鸥号"上的船员们听说，船长和大副们也考虑过暂时离开原定路线，前往紧急呼叫发出的地点，但又算出这段航程太过遥远，况且"汉斯·赫托夫号"已经沉船，他们再怎么赶也赶不上了，其他船只也已经在路上，其中有比他们从冰岛出发更早、航行速度更快的"勇士号"。可接着又有消息传来，说海域上只找到一个"汉斯·赫托夫号"的救生圈，五十名乘客以及四十五名船员全部失踪。

劳鲁斯一有空闲就一头扎进这本讲海难的书里，而得知了同样的灾难正在身边上演以后，书里的叙述莫名让人觉得更加毛骨悚然。

晚上一般都有不少人聚在食堂里玩牌，有时也拿火柴或者香烟下注，玩玩扑克牌，还有许多人坐着或者半躺着读书。电报员的箱子里有各种各样的书，有传记，也有战争故事。机舱里的一个轮机工在读诺贝尔奖作家基里扬[1]的书，时不时笑得乱颤。什么东西这么好笑？有个人问。轮机工倒不介意给全食堂的人朗读一段：约恩·赫莱格维德松游荡在荷兰鹿特丹的一片可疑地带，在一个门前挂着灯笼的地方碰见了一个女人。女人主动跟他搭讪，衣着讲究得让他以为她肯

---

1. 即哈尔多尔·基里扬·拉克斯内斯（Halldór Kiljan Laxness），一九五五年诺贝尔文学奖得主。下文内容出自他于一九四三年至一九四六年出版的总题为《冰岛之钟》（Íslandsklukkan）的三部系列长篇小说。

定是哪个牧师或者教区长的妻子，然后她又用亲昵的
语气请他进来坐坐。她在他的钱袋里摸到一枚硬币，
但态度并未因此冷淡，约恩·赫莱格维德松上了这个
女人，接着在她的床上睡着了。而夜半时分，来了两
个大汉，直接把他扔了出去，"约恩·赫莱格维德松的
硬币就这么没了"。

这一段让大家笑了好一会儿。还有个人说："我
以前跟着货船去过几次鹿特丹，这位牧师夫人我想我
认得。"

年纪最小的船员劳鲁斯则在自得其乐地监舵。前
面提到过，他跟长官们说过他很乐意来监舵——在船
舵旁站定，追随着船只的运动，凝视那一整片黑暗，
抑或白日的亮光，还有这宽广、无尽、多变的海。明
亮的白天始于一轮倒映在蓝色海面上的低矮太阳，这
时大副就会带着六分仪来到桥楼翼台上，比照电台里
报出的时间测量太阳高度，即可精确计算出他们的地
理位置，然后再到海图室里登记。他们之前估算的位

置大致正确，但仍须修正，他们比预计的更偏北、偏东，于是航向被向南调整了 2 度。

劳鲁斯刚开始在渔船上值班监舵的时候，有一次——那是去年夏末——他们正在西人岛[1]以南、临近苏尔纳岛的位置打捞，当时风平浪静、日光和煦，忽然，有个船员指向离船不远的一片海面，原来那里有一群虎鲸。这群黑白相间的鲸鱼显得格外高贵，绕着圈地游动，时而半跃出海面。它们靠得那么近，连喷气的声音也听得清。

"它们肯定发现了食物。"一个船员说，"估计是围住了一群鲱鱼或者毛鳞鱼。"

而这会儿消息还传上了天，一群北方塘鹅闻讯赶来，在虎鲸环绕出的这片"沸水"上一圈圈地盘旋。霎时间，塘鹅一只接一只地俯冲而下，都把颈伸得老长，活像战斗机，以迅雷之势钻进水下，时而数只齐发，

---

1. 西人岛（Vestmannaeyjar）又译韦斯特曼纳群岛，位于冰岛南海岸。下文的苏尔纳岛（Súlnasker）是群岛中的一座小岛。

之后忽地跃出海面，脸上尽是帝王般的傲气，目光锐不可当，喙里总叼着些收获。这时，连灰白而平凡的暴雪鹱也暂时对渔船和船上偶尔抛下的鱼内脏失去了兴趣，决定也来瞧瞧虎鲸和塘鹅这边的奇观壮景。

劳鲁斯移开视线，向北方望去，西人群岛就坐落在这片耀目的海上，岛屿近旁有一支船队，再向里望，还能瞧见黝黑的沙滩、绿油油的村野和冰川的尖顶。那时劳鲁斯便决意，他这一生都要做船员。而此时他就站在船舵边，正要越过那冰冷、巨硕的格陵兰岛的最南点：费尔韦尔角。

在"海鸥号"的操舵室里，劳鲁斯掌着舵，监督船只向西南方向行进，而总在看书、总在琢磨的电报员开始讲起，我们的祖先在维京时代就走过这条航线，从冰岛出发，绕过格陵兰岛最南点，再沿着西海岸一路向北。他们的船是敞开式的木船，比"海鸥号"这种钢制的渔船要小得多，大概就二十五米吧，甚至更小，最大的也只比得上"海鸥号"的一半。船上当然没有引擎，只有帆，也没有甲板。

站在舵旁的劳鲁斯还有在窗户旁抽烟斗的大副都觉得这个理论有点荒谬。

大副问："这些去格陵兰岛的船不是有一大半都失事沉船了吗？"他记得以前是这么听说的。

电报员说："没错，有些船的确沉没失踪了，不过哪怕到了今天，船不还是照样沉吗？"

他接着又说："当然了，那时候的人会避开冬季的风暴，只在盛夏时节航行，但就算在盛夏也有可能碰上各种各样的天气。那怎么导航呢？"

劳鲁斯问："这一点也太不可思议了，他们没有雷达吗？罗经呢？六分仪呢？这帮人到底是怎么开船的？"

电报员说："或许这群古代的航海英雄也用六分仪之类的东西来测太阳的高度，又或者他们会观测星象，会测量极星高度，等等。"

一听这个，刚刚亲自测量过太阳高度的大副就笑了，说道："那你还得先有正确的时间，他们那时候还没有钟表呢！广播和无线电台报时也没有，嘿嘿！"

"哎，慢着慢着，"博学的电报员答道，"只要看得见太阳，他们就能得到一个确切的时间，那就是下午三点，太阳抵达最高点的时候。不管怎么说，他们也在这片开阔的大海上来来回回地航行了好几世纪，从欧洲到法罗群岛、到冰岛、到格陵兰岛，而且总能找到正确的地点，总能重返自己的那片峡湾和海湾，甚至还到过北美洲。"

"这事不是还没被证实吗？"大副说。而电报员坚持认为这没什么好质疑的，美洲和航行路线都在古书里记载着呢，他们指不定还穿越过"三趾鸥银行"呢。

"想想看！一千年前啊！"

这时二副进了操舵室，大副便用一句话结束了对话。

"这些人总不会像我们似的有厨房和厨师吧，现在我可要下去弄点东西吃了！"

星期日晚间，在过了一天一夜后，风暴仍在肆虐，电报员低声告诉船长，他一直在试着呼叫"哈帕号"，但还未得到回应。他之所以持续呼叫他们是因为他似乎在早间时分听见了"哈帕号"发来的一段模糊的求救信号，说他们正在沉没，接着只有一阵咝咝声，就再没动静了。他并不完全确定，但越想越觉得自己的判断没错。他没来得及识别整串船舶呼号，也有可能是信号太慢，但开头是Tango Foxtrot[1]，绝对是冰岛船发来的。

船长听着这话，脸色渐渐发白，他们两个都明白，他们现在的处境一如当时的"哈帕号"。这两艘船都在同一渔场，相隔并不远，而且"哈帕号"跟"海鸥号"的船型也差不多，星期六早上出发时也把船装得满满

---

1. Tango 和 Foxtrot 是船舶呼号中字母 T 和 F 的标准通用读法。

当当，船只因此格外吃水，跟"海鸥号"的情况一模一样。自从一天多前风暴突袭而至，已经快有三艘船在这片海域沉没了，下一个没准就要轮到"海鸥号"了。他们得知，"埃亚峡湾人号"位于偏南的位置，在更温暖的海域上，"海鸥号"要是也能到那儿去就好了，正常情况下只要八到十个小时就能抵达。可现在，哪儿还有什么正常情况，如果想要南行，他们必须将航向掉转至顺风，可这也意味着他们将必死无疑。

然而，就在他们拆去救生艇、暂时减轻了船只重量使其更易操作后，船身又再度负重不堪，在海浪的重压下再次往其中一侧倾倒，随后便停下不动了，再不似钟摆一般能够自动摆荡回来。现在已是生死攸关的时刻，必须尽全力将裹在操舵室前方绞机外的冰破开，而海浪一次次冲上鲸背甲板后在上面结下的冰也必须被破除。每个登上鲸背甲板的人都要冒着生命危险，可是他们别无选择。

电报员请求船长指示，是否要向周边船只以及陆上无线电台发送信息，通告他们遭遇了积冰危险，而船长认为目前通报没有必要，或者说没有意义，渔场上的每一艘船都已是自顾不暇——更准确地说，是每一艘还没被风暴与骇浪击沉的船。

"再说吧，等等看。"

当风暴于二月七日星期六突降之时，船员们已经相当疲惫了。刚刚结束了前几天的繁忙捕捞作业，大家一直忙着处理平鲉，给鱼装舱，忙了几天几夜，几乎没有谁好好休息过。船长还下了命令，每人每天有两小时休息时间，直到风暴结束为止。此刻，二月八日星期日已经过半，而严寒依然刺骨，风暴与雪暴仍在肆虐——如山的巨浪一时耸起，一时消落，统统砸碎在船身以及四周。船员们必须要吃饭才有力气为生存而战，厨师长决定拿出他们船上最好的、最补充能量的食材来做饭。他们从冷藏库里取出冻好的整具肉，将其肢解劈开，拿烤箱烘烤，拿平底锅油煎，用上了所有能用上的炉灶。他们早早在食堂摆好一盘盘的肉，让船员们可以直接上手开吃，只为抢出更多时间。除了肉菜，还有一碗碗热气蒸腾的水煮带皮土豆，新鲜煮出的咖啡也一壶接着一壶，从不断流。船员们从甲板上回来时，脸上挂着冰碴，浑身裹着防水服，他们随手抓起一根大腿肉、一片煎上脑、一块煎排骨，攥住就开啃起来，再往嘴里送几块热乎乎的土豆，仰头将杯子里的咖啡一饮而尽，随即又冲进风暴、骇浪与酷寒中去。

　　船员们当然也要解决内急，但底下的厕所被冰冻和拆卸后已经用不了了，操舵室里倒还有一个能用的厕所，船员们都要到那儿去解决。这个狭小的厕所隔间紧挨着烟囱，上厕所的人必须小心不让袒露的屁股蹭上包在烟囱外的滚烫锡皮。但里面是真的很暖和。下面的人给操舵室的人员传了信，告诉他们食堂里现在热食充足，不间断供应，大家都冲了过去，只有船长一人一动不动，依然站在车钟和那扇碎窗旁，喝着咖啡，吸着香烟和鼻烟。厨师亲自给他拿来一块煎连肩肉，船长啃着肉，视线却丝毫不曾离开正在进行中的一切。

　　船员们怎么会不怕。他们在外冒寒凿冰时总试着忘掉这些，可一进到室内休息坐下，恐惧便瞬间涌来。最先崩溃的是一个普通船员，他在食堂里突然浑身抽搐，差点昏死过去。他试着站起来，结果两只脚根本使不上劲，扑通一下又瘫在了地上。大家没办法，只好把他抬上了床。没有人哭，但有个人一在食堂里坐下就冷不丁地狂笑起来，笑着笑着就被呛成一顿猛咳，笑声都成了嘶吼也不停下，听着真让人难受，莫名让周围的人觉得特别无助——你可以安慰一个号啕大哭的人，或者至少可以鼓励他振作起来，可是对一个"号啕"大笑的人，你能拿他怎么办呢？而且这笑声没有任何感染力，谁也没有跟着他一起笑。好在最后他自己停了下来，重新戴上帽子，再套上防水帽，走出去到上层建筑上继续凿冰，脸上似乎透着些愧疚。

水手长当然也感受得到死亡正在逼近，感受得到恐惧，但这一切都让他觉得有点奇妙，因为就在短短几个星期以前他还一心求死来着，而且已经开始付诸实践。而他又记起来，当时没有投海自尽是因为他一想到要被又冷又咸的海水呛死就受不了，可是到头来，他在此时此地又得面临同样的抉择，除了被恶心的海水淹死之外别无他选——那么与死亡继续搏斗下去也算是有了些意义。水手长拿着一柄大锤凿个不停。大锤特别管用，却也特别重，挥舞它的人肯定已是浑身疼痛，但就算这样也绝不能停下——如果不想冰冷的海水把他们全都吞噬，就只能继续咬紧牙关，把所有的痛都咽进肚子里。年轻的劳鲁斯选择跟着水手长，这样他就知道自己也在正确的地点，在做正确的事情。水手长是船上最强壮、最能干的船员，劳鲁斯跟着他也是在向其他人表明，他自己也很能干。至少他是这么希望的。水手长进去吃饭的时候他也跟着，他们在门前脱下防水服，进去坐下来，一起嚼着刚煎好的肉和土豆，咕咚咕咚地喝牛奶和咖啡。水手长看到年轻人抖得很厉害，必须用双手攥住奶杯，但也不怎么管用。

"是不是害怕了？"水手长问。

劳鲁斯的喉头忽然一阵哽咽，人们在被别人突然关心时就会这样。他强吞着哽咽，硬撑出坚强，终于说出一句话——他不得不承认，或许他该到床上去躺着睡一会儿，用睡眠来忘却即将到来的死亡。

"到时候你就醒了，"水手长说，嘴角挂着一丝冷笑，"在冷水灌进来的时候。到时候被困在里面可就不妙了。假如我是只耗子，我可不想被淹死在自己的洞里。"

劳鲁斯到操舵室上厕所，水手长紧接着也来到操舵室，来找船上的长官们商量接下来的对策。船长与二副都在，他们都同意必须派人登上鲸背甲板，尽力将上面的冰凿去。船体摇摆的速度越发缓慢，虽然海浪仍然裹挟着船只颠簸不停，但是船自身的动作却已极为迟缓。船只还来不及从冰冷的海洋里抽身挺起，海水就已漫过船头，涌上上层建筑。二副和水手长决定亲自上阵，但他们需要再带两个可靠的人，这时劳鲁斯从厕所里出来了，他即刻自告奋勇，请求加入。二副正准备反对，觉得他太年轻、太嫩，而水手长说："这个人我信得过。"

四人随即出发，攀上已被冰封的船头。彼时是白天，船长还是打开了所有还能用的工作灯。海水一波波地击上船头与甲板，船长预备继续低速顶浪航行，操舵室的值班员则负责提防进逼过来的海浪，随时准备提醒前方船员抓牢船身，等待海浪退去。首先要凿的地方是通向鲸背甲板的阶梯，很快就有不少大冰片、大冰块纷纷脱落。有些凿下的冰块需要先给固定住，再砸成更小的碎块，好让冰碴可以顺着排水孔冲走。

就这样，他们一边凿一边往鲸背甲板上爬，而上面几乎一处手抓、一个脚蹬的地方也没有。他们试着将自己固定住，一只手掐住某个已经凿好的抓手，另一只手继续凿冰。劳鲁斯和另一位船员用的是斧子，水手长和二副用的是锤子。现下他们终于登上了鲸背甲板这座"冰川"。此时还没有浪打过来，只是些水花。现在，他们必须要加快手速。他们立刻就尝到了甜头，每凿一下就有冰层碎落，船只被掩埋在坚冰下的涂漆钢身也渐渐显露出来。四个人都拼命凿着，而就在他们感到胜利在望，感到威胁着要将他们大头朝下直拖进海底的罪魁祸首就快被连根铲去的时候，他们似乎也有些沉迷、有些忘我了。虽然船长的声音据说洪亮得足以响彻整片渔场、整个船队，但斧锤砸上船身的声声轰响同样震耳欲聋，等他们听见海浪来袭的警告时已经太晚了，巨浪好似雪崩在他们头上炸开。

二副后仰着被从鲸背甲板上抛了下去，砸在了甲板的支柱上，瘫在那里一动不动。水手长和另一位船员攥到了抓手，而最靠近船头的劳鲁斯却抓了个空，他感到有股沉重的力量将他一把拽走，势不可挡的冰流卷挟着他，只消几秒就能将他冲到这狂暴海面上的不知什么地方去。而就在这时，他感到有人拽住了他，攥住了他防水服的后脖领。他的脖子被紧紧地勒住，刹那间，年轻人想到，等待他的不是窒息而死就是防水服被撕碎——海水无比迅猛，撕扯着衣服上的每一条接缝。这种状态持续了好长一段时间，一边是自然的力量正使出全力将年轻人拽向一个方向——大海，另一边是一只孤独的手向着反方向拉扯。

"我当时可是八十多公斤。"

大浪终于退去了，所有人都还留在船上。大家赶忙跑出船舱，到甲板上接应四人。其中三个马上说他们没事，只是劳鲁斯咳嗽得厉害，大概也没人听得懂他想说些什么，而二副躺在甲板上昏迷不醒。船上人人都知道，着急挪动重伤的人可能会相当危险，比如他如果是脊椎断裂，就应该让他躺在原地，等待医生或急救人员到达现场。但他们等不来任何救援，而且谁也说不准下一波大浪什么时候会翻上船，事实上是随时都有可能，所以他们没有其他选择，只能将二副抬起，以最快的速度把他送进鲸背甲板下的船员舱，脱去他的湿衣服，给他盖上干毛毯。他嘴里咕哝着些什么，他没有死。

刚才在鲸背甲板上的三个人被命令进入船舱，每个人都被冰冷的海水浇得透湿。船尾食堂里，大家一起帮劳鲁斯脱下防水服。他显然受惊不小，浑身不由自主地抽搐着，却还一直坚称自己没事。水手长在一旁费劲地脱一只手上的手套——就是拽住劳鲁斯脖领的那只手，但最后实在不得不放弃了，平常能不求人就不求人的他也只好请别人来帮忙。可不管用什么办法，他就是脱不下来这只橡胶手套。因为手蜷曲得太厉害，最后他们直接把手套给剪了下来。这只强壮的手变得好像猛禽的爪子，每个指甲底下都往外渗着血。

他惊讶地看着自己的手说："他妈的，这小伙子可真沉。"

二副孤零零地躺在鲸背甲板下，痛苦而又狼狈。大家都想过来看他一眼，可看他这个样子，要是强行把他搬到其他船员所在的船尾去显然还太冒险。所幸检查过后，大家发现他的手脚都还能动，手臂和大腿也能活动。他大大地松了口气，因为他很清楚一旦四肢不能动弹那将意味着什么。可他疼得要命，还咳了血。船长对电报员说，现在是时候该向外求助了，何况他们还有一位船员受了重伤。电报员需要在发报里说明他们正面临着风暴和积冰的险情，还要询问应如何处理二副的伤情。电报员立即开始执行命令，在仪器前忙了很久很久，紧张地收发电报与摩斯电码。他首先发了一则普通求救信息：我们遇险了，救生艇已全部丢弃，积冰的速度远超凿冰的速度，船已侧倾，一人重伤。接着电报员又尝试直接联络冰岛总部。

一会儿他就回来了，说已经收到了雷克雅未克总部的回信，建议他们给伤员注射吗啡，船上的药箱里应该有。他还联系上了西海域的几艘冰岛渔船。"埃亚峡湾人号"也同样遭遇了严重的积冰，但他们的地理位置更南，海域温度更高，因此积冰的危险要小得多。此外，"埃亚峡湾人号"配备的是蒸汽机而非柴油机，他们可以直接用锅炉中的沸水融冰。"勇士号"距离"海鸥号"很远，而"波塞冬号"刚刚抵达渔场，船上基本没有装鱼，因此吃水更浅，受海浪的影响也更小。接下来"波塞冬号"会试着测定"海鸥号"的方位，也许能赶到他们这里来。

他们找到了药箱，但里面没有吗啡。谁在什么时候拿走了吗啡早就不得而知了。不过船长的柜子里还有白兰地和阿司匹林，于是大副带着东西来到船头，试试看能否让这位痛苦的同事打起些精神。

　　毋庸赘言，大家都希望风暴可以赶快平息，而根据自然原理，这当然是迟早的事。俗话说，是冰雹最后总会停的。这会儿已是星期日晚上，风暴从昨天中午一直刮到了现在。所有人都已精疲力竭了。无线电设备坏了，检查后发现操舵室顶上有一根天线已经折了，是被沉重的积冰压断的，而另一根则折了一半。电报员裹上大衣全副武装，爬上操舵室的房顶，还有三个船员跟他一起，负责支撑住他。他们首先除掉了雷达扫描器上的冰，雷达随即又开始转圈了，接着电报员把天线复原后，他们就都爬了下来。现在又可以使用电信设备了，他们收到了纽芬兰渔场包括"三趾鸥银行"海域的最新天气预报——至少在接下来的二十四小时里气象不会有任何变化，西北方向依然有强风暴。

　　根据天气预报或许可以推测，接下来风力应该会缓和，至少不会再像现在这么恐怖，而另一方面寒潮势头似乎将更加凶猛，空气温度大约在零下十四摄氏度至零下十八摄氏度。

　　船长暗自权衡着：机舱、厨房，还有桥楼，船上的每个人都快精疲力竭了，而最苦最累的就是甲板船员——坚持完繁忙的捕捞作业后，他们连一刻喘息的时间都没有，就开始到外面一直冒着严寒凿冰，防水服从没脱下身过。要是他们继续这样迎风顶浪地抢风航行，海水还会不断涌上甲板、操舵室还有最为关键的鲸背甲板。四个人刚刚干得那么漂亮，而这么一来鲸背甲板上又会重新积冰，而上面其实早就又结上冰了。他不可能再派一队人去冒同样的险，他没有那么铁石心肠。之前的那四个人里，一个伤势严重，痛苦地躺在鲸背甲板下，孤独一人；一个靠着奇迹才得了救；还有一个在救了人后，手上似乎也受了重伤。如果风暴还要继续刮至少二十四个小时，他们唯一的希望可能只有掉头转向，想办法航行到更暖的海域，到"埃亚峡湾人号"所在的位置去。这段航程估计要十到十二小时，而要是一切顺利的话，只要八个小时就够了。

如果要掉转航向，就必须做好充足准备。更多船员被派去船尾，努力将积在救生艇甲板与舱棚上的冰尽可能多地凿去。在他们逆着风抢风航行时，这块地方还算一处掩蔽。船长想，没了这两艘沉重的救生艇，这下"海鸥号"再顺风行驶时，应该就不会那么脆弱，那么容易翻船了。现在必须让机舱人员打起十二分精神，准备随时待命，他们可能需要瞬间减速甚至后退。船尾的一切都已确保封闭。大副开始亲自操舵。引擎随即加速，船只开始掉头，向右舷方向转去。看得见海浪的船员能直接看到船只转向，其他人也能感受到正在掉头。大副紧盯着罗经表盘，指针离开360度或者说0度，即正北，开始旋转，而就在指针转过正东，指到110度与120度中间时，一波大浪轰地扑上右舷，船身几乎整个侧翻下去，所有人都必须死死地攥住身旁的抓手。浪峰打在操舵室右舷方的窗户上，从昨天早上起，船长就一直站在操舵室的一扇碎窗旁，而此刻冰冷的海流顺着裂窗倒灌而入，水柱也从通向翼台的木门门缝底下飞喷进来。

与此同时，船只运行也彻底失控，船身被卷在风暴里继续转向，船头被牵到了正南方，船上所有人的心里都只有一个念头：他们死到临头了。只剩前桅与左舷吊架还露在这汹涌的怒海之上。

在鲸背甲板下的船员舱里，二副独自一人瘫在床上，他一下被甩下了床，重重地摔在地上。他倒在那儿，神志格外清醒，背部与脏腑的疼痛甚至令他的知觉更加敏锐。他听得出身边的一切都越来越安静，他懂了，水性极好的他知道，环境音之所以这样变化是因为他们已沉入水下。这一生过往都从他眼前闪过，这次是真的了，他想。妻子和孩子浮现在他眼前，他决定将所有背得出的祷告和福音都念一遍，直到跨进永恒。或许他在科帕沃于尔的家人也能听到、感知到这一切。

现在是二月八日星期日晚间。电报员想，他一定要在临死前发出最后一封求救电报，哪怕只是为了向全世界宣告他们死了。可他已被甩飞在地上，伸手也够不到仪器，而仪器也再一次被大浪砸失灵了。

机舱里，轮机工们竭力抓紧所有能抓紧的东西。要不是引擎的轰鸣声盖过了所有其他声音，或许就能听到人们惊恐的嘶吼声。轮机长与二管轮都将自己牢牢地绑定住，以备随时响应操舵室发布的命令。操舵室里，翻腾的海浪仍不停地向碎窗内倒灌，船长透过碎窗看见，整个船首已完全埋进迎头扑来的水墙里。他们正在下沉。他一把抓住车钟，直接抢到全速后退挡，下令使出最大功率，启动危急关头才会动用的额外挡。全速行进的转速是84转，而现在的设定是105转。无论如何必须拼一回。他冲着铜管吼出相同的指令。所幸引擎仍在运转，他希望它千万别被紧急动力逼到爆炸。

机舱里的测斜仪已经坏了，指针僵在了60度。所有人都明白，船只的下一个动作就将决定他们的生死：它将何去何从？片刻后，他们听到、感受到螺旋桨已开始向反方向旋转，向后方旋转。船长判断出他们已成功从海里倒退出来，不再向海底下沉，与此同时他立刻将挡位换到全速前进，并再次启用紧急功率，船头随即被拽往左舷，一开始相当缓慢，可逐渐加速，船身终于再度转回到顶风方向，这时他们才敢减速——他们还活着，仍在海面上。

大家都很清楚，一切还远没有结束，达摩克利斯之剑仍然悬在他们的头顶上方。他们周围的船只翻的翻、沉的沉，没准下一个就轮到"海鸥号"了。就在同一片海域上，巨轮"伊丽莎白皇后号"正在向西航行，位置却并不比他们南多少，而在当晚稍早时候，"伊丽莎白皇后号"上传来消息，说他们测量到了一波高达十八米的浪，有一波大浪甚至翻上了他们高耸的桥楼，击碎了好几扇窗户。"海鸥号"上的每个人都已经精疲力竭，可他们别无他选，只有继续奋战下去，继续凿下去，继续这场似乎必输无疑的人与风暴的搏斗。

厨房里，厨师们努力保证可以不间断提供的热食。当晚早些时候，厨师长想到可以给大家做肉汤喝。冰岛肉汤以能量丰富而闻名，里面有大块大块的羊肉，汤头是用羊肉、芜菁、胡萝卜、辛香料还有大米一起熬的。而在刚刚掉转航向，船身几乎完全侧翻的时候，随着船猛地一颠，锅里的肉汤也损失了大半，洒得满地都是。好在他们把煮好的羊肉和芜菁抢救了出来，这会儿这些菜就都冒着热气被端进了食堂，大家可以拿刀或叉把肉戳起，送进嘴里，也可以直接赤手开吃——用这种方法做的肉能量很高，尤其是最肥的肉。

然后大家就又套上了自己最保暖的大衣，很多人都将 VÍR 牌绿大衣的羊皮里子裹在防水服底下。他们披上防水服，又冲入严寒、黑暗与风暴中，继续去凿船上的冰。显然，船身又开始变重了，每次摆向一侧后再度恢复直立的速度越来越慢——这一切到底有完没完了？大家都明白，船现在的平衡差成这样，接下来只消再加几公斤就足以让压在船底的龙骨断裂翘起。

　　每天二十四小时中的那两小时休息还有不少人没来得及休。有的人一进到室内，屁股刚一坐下，即使嘴里的食物才刚嚼了一半，就立刻昏厥过去，或许是沉沉睡去了，又或者是没了知觉，就算脑袋绕着圈地乱晃，甚至撞上了墙或桌子，他们也醒不过来。但会有人叫醒他们、摇醒他们，让他们明白，外面的冰不会因为他们睡着就自动消失。有几个船员不见了，其他人在铺位上找到了他们，他们正蜷缩在床上，精神恍惚地哭着。他们几个也被撵了起来，赶去干活。还有个船员一直赖在食堂里，嘴里念叨着什么尸猫[1]、什么

---

1. 原文为 urðarköttur，冰岛民间传说中的异兽，于墓地中度过三个
　　冬天后即成魔猫，其间以腐尸为食，其目光可致命。

海男[1]，让人摸不着头脑，两个多小时过去了，他就待在那儿一根接一根地抽烟、喝咖啡。

"他这是疯了。"有人说。

显然一时半会儿他是上不了甲板了，于是大家决定把他拖上操舵室，让他来接替上一个人继续监舵。可这个办法不仅于事无补，反倒让情况更糟了，因为这位新来掌舵的船员根本不听上头的指令，只一味地继续叨咕他的尸猫，瞪着一对充血的眼睛呆视远方。大家看到他尿了裤子，却还死攥着船舵不放，操舵室里的其他人上去准备把船舵转回正确的方向，可他就是死不松手，让人没法控制航向。最后他们实在没辙，只能把他的手指一根一根地从船舵上掰下来，然后就放他躺在地上，暂时不去管他了。

年轻的船员劳鲁斯浅浅地睡了一会儿，他战栗着睡去，而在船只试图掉转方向却几乎整个侧翻下去的

---

1. 原文为 marbendill，亦为冰岛民间传说中的生物，居于海底，上身为人，下身为海豹。

时候，他本能地醒了过来。过了一会儿，他觉得自己已经平静下来了。他一声不吭地摸出干衣服，缓缓地往身上套，又找出一件防水服。防水服很瘦，内侧潮湿而又黏滑，一时间，劳鲁斯找不到袖子，整个人困在这件又大又瘦的衣服里，被潮闷且恶臭的黑暗包围着，动弹不能。

一个念头忽地窜进他的脑海——这就是被溺死的感觉。这时，他终于找到了出路，两只手用力地挤进了袖子，脑袋从脖领里钻了出来。他大口大口地吸着空气。接着，他戴上湿漉漉的羊毛手套，拿起一根凿具，回到救生艇甲板上继续凿冰。虽然救生艇没了，可又大又重的吊艇柱，也就是艇架，还杵在上面，甲板两侧各有两根，顶上裹着一层厚厚的冰。有两个人在吊艇柱上凿了快一整夜，但根本赶不上积冰的速度。其他人则忙着扔掉船上所有能扔的东西：钢丝、渔网、篮子、盆、天线、渔具，所有结了冰的东西都要扔。水手长在指甲上包上了胶布止血，然后又给每根手指都缠上更多的胶布，以减缓疼痛。船只侧翻时，他也死死地抓着身边的抓手，同样内心充满了恐惧，而当船身重新挺直后，他又开始纳闷，他这份突如其来的要跟死亡抗争到底的决心到底是打哪儿来的。他寻思，既然他已经救了劳鲁斯这个男孩的命，要是他们就这么死了也太不值了，那他刚救的人岂不是白救了。再说不管怎样，经历过刚才发生在鲸背甲板上的事，还能活下来，这就挺好的了，尽管他们也受了重伤。然后他被叫上操舵室，船长问他手伤成这样还能不能掌舵，现在缺一个人来顶替刚才那具僵尸。水手长说没问题，他一点事也没有，还可以继续拿锤子凿冰，他现在手的形状正好能握住手柄，接着又给船长看了看他这只包满胶布的手。电报员也在那儿，我们遍览群书、博学多闻的电报员。水手长问，是怎么回事来着，莱夫·埃里克松[1]被人叫"幸运儿"，是不是因为他发现

---

1. 莱夫·埃里克松（Leifur Eiríksson，约 970—约 1020），维京探险家，据说是世界上第一个发现北美洲的欧洲探险家。下文的文兰（Vínland）是他在北美洲东海岸发现并命名的一片地区。

了北美洲，或者按他们的叫法：文兰？从来都不吝指教的电报员回答道：不对，不是那么回事，莱夫有这个绰号是因为他救了好多遇难的船员。地点其实离这儿不远，要是他没记错的话，就在格陵兰岛的西南边。能救人说明这个人的运气好。水手长点点头，他隐约记得是有这么个说法。

话说，电报员好像是盛装打扮了一下，至少他给自己打了条领带，他说要是一会儿就要去见上帝了，自己的模样总要体面一点。听着这话，船长没有笑，反而板起了脸，他决不允许自己表现出任何一点准备认输的迹象，也不喜欢别人说这种话，但他也阻止不了——厨师长和副厨师长将满满一大托盘热腾腾的食物端进食堂，对每个愿意听这话的人说：我们就算要死，也不能饿着肚子死。

星期一早晨天亮时分，严寒依旧，而风似乎小了一些。或许只是他们感觉风小了。可这只是一段虚假的平静，顷刻间烈风再度卷起，海波怒涌翻腾，浪间的船只却又一次变得无比沉重、无比迟钝。如果说他们痛失了许多船员，那是因为越来越多的人已经心灰意冷。他们不再干活，开始自言自语，让他们去休息睡觉的时候，他们也不去。

厨房里整晚都在忙碌，他们将船上剩下的所有熏猪肋都给烤了，猪肉在食堂桌子上堆成了一座小山，旁边还有冷牛奶，当然也有咖啡。他们还掏出了装在桶里的咸肉块，直接用烧烤机烤了。船只颠成这样，是不能再用大锅煮东西了，相比之下，烧烤机更有用一点，效果也一样。

年龄更小的那一位润滑工已经不干了，而轮机长则跑上了操舵室，去跟船长商量下一步怎么办。这组巨大的吊艇柱，也就是艇架，是个大麻烦。艇架的材质是钢，每根大概都重达两吨，右舷两根、左舷两根，再加上裹在上面的冰，重量至少就翻了一倍。轮机长提议，他们也许可以用割炬把艇架切掉，船上的氧乙炔燃料储备还很充足。很显然，这项作业不仅十分困难，而且相当危险，可到了这个节骨眼上，他们无论做什么都会十分困难并且相当危险。这时，水手长又回到了操舵室——刚刚结束监舵之后，他就又拿着大锤出去凿冰了，结果他的手完全使不上劲，捏紧拳头也握不紧锤柄，锤子在虎口里晃荡。他跟轮机长一起去拿气瓶，两人将气瓶拖上翼台。轮机长组装割炬设备时，水手长将绳子绕在自己腰上，把自己绑在舷栏上，站在门口密切注视着周围巨浪的动向。以防万一，他手里还攥着绑在轮机长腰上的绳子。右舷上，更靠后的那根吊艇柱底部的冰已经被凿除得差不多了。船身时不时便翻向一侧，好像一座冰山，而顶部增压、底部融化都会使冰山超重，失去平衡的冰山会整个翻转过来。年轻的轮机长半躺到冰层上，开始动手切割这根硕大的钢柱，既没有戴护目镜也没有戴面罩。他感到自己似乎越来越起劲，就像人在拿钝刀子割冻肉时那样。不论如何，一切都在缓慢进展着。

船长发现他有时会浑身酸痛，膝盖和髋骨疼得厉害，胃痛和头痛也将他折磨得够呛。不过他也发现，烟草对这些症状特别管用，香烟和鼻烟都可以。为了尽可能保持头脑清醒，他还必须一直猛灌咖啡。可现在想这些没有任何意义，他必须继续伫立在车钟和碎窗旁，直到这一切结束。他只在需要上厕所时才离开，随即便又返回原地，双眼仍旧紧盯着风暴，看紧一排排如山般逼来的巨浪。

有一次，海上浮现出一艘大船，船行虽然缓慢，但仍很平稳，他们看到这是一艘俄国加工船——渔场上的俄国渔船捕捞到的平鲉都会卸载到这些工厂船里，被提炼成鱼油和鱼粉。船长问电报员能不能联系上这群俄国人，可是不行，首先他不知道他们的船舶呼号，其次他们很可能听不懂他在呼叫时讲的英语，最后大家都不知道要跟这群俄国人说些什么，不知道他们能怎么帮"海鸥号"。但操舵室里的船员们感觉，俄国人应该已经注意到"海鸥号"了，船上好像有几个人一直在朝这边张望，望向这艘通体结冰，船身近一半都淹没在巨浪里，几乎快要完全侧翻的冰岛渔船。可俄国船最终消失在黑暗之中，将"海鸥号"独自留在这个世界里。

船员们明白，他们能否继续活命或许只能看他们能否成功割掉艇架了。截至目前，轮机长已在第一根上忙了一个多小时，其间当然中断过几次。水手长就站在门口，注视着周边海域的一举一动，他不时冲轮机长喊一声，后者就赶紧拎起设备逃进门里，跟水手长一起等待这一波海浪退下船去。接着，轮机长终于快将第一根艇柱割得差不多了，这根两吨重的大钢柱什么时候被自身重量压断只是时间早晚的问题，到时候船身倾斜的方向必须要正确，从而让艇架坠向船外，落进海里，而不是砸在船上，否则他们的处境只会更糟。水手长跟另一位船员一起，试图将自己支撑在冰层上，他们带了板子还有撬棍；当"海鸥号"偏转至正确方向的一刻，轮机长用火焰喷射向最后一道割缝，剩下的人铆足了劲儿一撬，又顺势一推，只见右舷后方的这根艇柱豁然断裂，扑通一声砸进汹涌的汪洋里消失不见，沉向海底去跟鲉鱼做伴了。

在下次动手前他们本该好好休息一下，可现在的情况刻不容缓。轮机长的妻子和一对刚出生的双胞胎都还在雷克雅未克的家里等着他，他决不会将这两个圣诞小人抛下不管，于是他们拿着气瓶和设备换到另一边，立即动手开干，这回要割的是左舷上的后艇柱。接下来的两小时里，水手长依然站在门口，守望着轮机长。割炬的喷嘴里射出幽蓝的火焰，一波波巨浪滚起复又退去。趁着无浪的空隙，他们要继续割下去。

星期一一整天，他们——那些还站得起来的人——都在不停地凿冰。他们继续凿着，继续砍着，哪怕手上和身上早已刺痛难忍。船长仍站立在操舵室的碎窗旁，监视周围恶浪的走势，每到紧要关头就立即冲船员大喊："抓稳！"又或者："进来！"此时轮到了劳鲁斯监舵，他觉得自己不够清醒，但也同样睡不着，处在一种莫名的状态里。他的身体还能站直，眼睛依然睁得开，两只手也还能动，可他周围的世界却那么不真实，像做梦似的，各种声音混杂着诡异的窸窣声和余响，在耳朵里回荡。在进入操舵室前，他到海图室里瞄了一眼，去看里面的地图。图上绘的是他们所在的这片纽芬兰海域，可忽然间，他恍惚觉得自己好像在看另一张图——是爸爸那本丹麦还是挪威语书里的地图，上面绘的是"泰坦尼克号"沉没的那片海域，还是说，两者本就是同一张图、本就是同一片海域，西侧本就是同一片大陆——纽芬兰、新斯科舍、拉布拉多。他就站在船舵旁，却仿佛陷进了另一个世界，他再也搞不清自己究竟在哪艘船上，却觉得每时每刻都会坠向海底，在冰冷的海流令他窒息前，他还能看上一眼那巨轮的遗骸，或许他就是这世界上第一个亲眼见到它的人。而他仍将船维持在逆风的航向上，在船长看来，他驾驶得无可挑剔，这在现在至关重要。

鲸背甲板下的船员舱里，身受重伤的二副继续躺在下铺上。他现在有了一个伴，又有一个船员被拖到了旁边的铺位上，这位船员的精神和肉体已经双双瘫痪，一点活也干不了了，一直四脚朝天地躺在食堂板凳上，浑身抖个不停，在那儿自言自语地说胡话。大家一看，与其让他躺在食堂里，还不如给二副找个伴，让二副的时光好过一点，于是大家就把这个船员拖到了二副那儿，跟他说："好好守着他，看看能为他做点什么，他可不能动。"

可这位新来的并没给痛苦的二副带来多少安慰，前者已经崩溃到快要疯了。星期一一天下来，船头又有两次被深深埋进浪里，消失到海面下，整艘船也快要覆没。在船首的舱房里，四周环绕的若是海水而非空气，那么里面的声响也会截然不同。每当有海水淹过，那个船员就爆发出一声长且凄厉的尖叫，声音不高，却无比惨厉，拖着非人般的长调。而每当引擎开始全速后退，机器的轰鸣声随之响起，显然他们已浮出海面，船头旋即又将再度斩入浪里，他又会吐出一串痉挛似的呻吟，无论怎么叫他都不应声。

第二根后艇柱也消失进了海里，船长立刻发现，船体的稳定性好了不少。轮机长拿着割炬，顶着严寒与巨浪，已经在甲板上干了将近四小时，可现在还没到可以休息的时候——还有两根沉重的前艇柱仍立在原地，上面还在不停地积冰。轮机长和水手长一致认为，最好趁着现在天还亮的时候把这两根艇柱割去，等到星期一入夜以后就不好办了。船长也在为即将来临的夜晚而犯愁，希望今晚过去后，这场风暴能够停息。气象预报预测，进入星期二以后，风力便会减弱，气温也将回升，但他们必须想办法撑到那时才行，此间他们必须使船只保持直立，继续在海上漂浮。

电报员从仪器那边过来，脖子上还系着领带。船长瞄了他一眼，在想要不要说点什么，比如让电报员去刮刮胡子、拾掇拾掇，不然怎么配得上他的丝绸领带，但船长什么也没说。电报员汇报说，他联系上了"波塞冬号"，他们就在附近，而且已经测定了"海鸥号"的方位，虽然航行速度不快，但估计能在晚间抵达。

紧接着又传来消息：第三根艇柱已切割完毕。这个年轻的轮机长真了不起，他是天才，他是英雄。

而鲸背甲板上又积起了跟上次一样厚的冰，整艘船越发头重脚轻，然而不到万不得已，船长是决不会派人上去的。他已经试过一次，那两个船员能死里逃生已经是奇迹。操舵室前的绞车上还裹着一整座冰川，冰舌也快要蔓延到操舵室的窗下。冰层实在太厚了，纵使船员们拿着锤子一直敲凿，也只是徒劳无功。鱼舱填满以后，他们在预备回航时已经把绞车锁上了，所以他们不能直接将绞车释放开，让其自动挣破缚在外面的冰，但船长想到，他们或许还可以一试，绞车只要转个一英寸[1]或半英寸估计就足以让冰裂开。他问大副有什么意见，大副表示同意，之后便下到机舱，去跟大管轮和二管轮商量。两人的眼里都炸满了血丝，声音也已经沙哑，但他们同意可以迅速开一下绞车。

"最糟的结果也不过就是没有结果。"二管轮说。

大副带上三个大无畏的船员登上甲板，在旁观察进展，绞车动起来时要是有什么情况，他们可以随时反应。船长紧盯浪势，随即冲着铜管和甲板同时喊道："就现在！"一阵哐当与轰隆声顿时响起，虽然现在的声音异于平常，但大家都听得出这是绞车在转，刺耳却又沉闷。就在这时，冰拱里蓦地迸出一声裂响，顷刻便噼里啪啦地碎了一地，轮机工们也马上将绞车关停。绞盘上的硕大冰瘤脱裂开来，随即在甲板上浮窜，向一侧溜去，最后被舷墙拦住。现在必须试着将这些冰瘤碾成小块，让它们顺着甲板排水孔冲下船去。接下来才是一场苦战，船身忽然直挺起来，冰块随之也

---

1. 1英寸约合2.54厘米。——编者注

滑向了甲板中央，船员们拿着凿具追赶上去，可这边还没来得及将冰碾碎，就有一波大浪翻上了船，船长连忙警告他们闪开，所幸无人受伤。

然而这座"冰川"的上半部分还未破开，悬空着挂在绞车上方，与上层建筑毗连。从底部开凿绝非易事，何况也相当危险——凿下的冰体沉重而坚硬，极有可能砸在凿冰人的头上。最后，他们用绳子将两个船员吊下操舵室，从顶部开凿，剥下了绝大部分的冰。冰块砸在甲板上，又被砍成小块，此间仍有浪不时翻打上船。

天色暗了下来。又一个风暴之夜降临了。最后一根艇柱已被轮机长割去，坠进了大海。自始至终，他一声苦也没叫过。现在，他坐在食堂，身上裹着船上所有的干毛毯，而他冷得彻骨，止不住地战栗，抽搐得连饭也吃不进去——他在冰上可是趴了七个多小时啊。他的眼睛也什么都看不见了，整个世界全化作一簇幽蓝的火苗——要将火道上的一切焚毁殆尽。

　　他们瞧见了另一艘船的亮光，是赶到他们这里的拖网渔船"波塞冬号"。大家凝望着这束光芒，仿佛见证了奇迹，仿佛见到了上帝之手显灵——门徒们看见耶稣从水面上朝他们走来时[1]，或许就是这样吧。在这个世界上，在这狂乱的海上，在这暴怒的风中，他们不再孤独。两艘船挨得很近，但光亮只是时有时无地闪现，黑云和雨飑模糊了视线，两艘船也轮流跌进那深邃的波谷之中。两艘船的电报员在互相对话，"波塞冬号"说他们没事，船吃水很浅，没有浪打得上来，他们凿冰的速度能赶上船上积冰的速度。他们没有"哈帕号"的消息，只收到了一段信号的开头，像是求救信号，可之后船上那三十个人就杳无音讯了。

　　"波塞冬号"会陪在"海鸥号"旁边，直到风暴退

---

1. 见《马太福音》14：24-25。"那时，船在海中，因风不顺，被浪摇撼。夜里四更天，耶稣在海面上走，往门徒那里去。"

去。凶猛的寒潮伴着汹涌的巨浪，风暴已经刮了将近三天三夜，但它不会永远这么刮下去。要是上帝保佑，两艘船可以一起航行到更温暖的海域去，甚至一起返回冰岛。可大家都心知肚明，"海鸥号"能不能挺过这段航程还是个未知数。他们讨论过能否在两艘船之间架起一根绳索，然后用裤形救生圈将"海鸥号"的船员拉到"波塞冬号"上来，但这个计划被立刻否决了——风暴这么大，颠簸得这么厉害，这个办法根本不可行。劳鲁斯仍在掌舵，他知道有另一艘船就在他们旁边，他也跟其他人一样如释重负。可他还是禁不住想，禁不住问：那艘船上的人真能救得了"海鸥号"上的这些人吗？

要是突然间翻船了，他们的船沉了，另一艘船上的人又能怎么办？一些人会被困死在渐渐沉没的船里，而甲板上的人则会坠进刺骨的海水中，被浓稠的黑暗与暴怒的狂风吞噬。那艘船上的人又能做什么呢？就算他们知道一两百米开外有艘钢船正在翻滚挣扎，又能如何？

　　气温已跌到零下，在这么冰的海水里，不用几分钟人就死了。"海鸥号"上已经没有救生艇了，只有箱子里的几艘还没充气的橡皮筏，船头一箱，船尾一箱，船长已命人负责定时清理箱子外面的冰。可这些橡皮筏又能有什么用？

　　"波塞冬号"问，"海鸥号"能不能先给能用的橡皮筏充上气，要是他们觉得船快要沉了，就直接往筏子里跳。但大家看得出，这个办法也不可行，碰上这样的风暴和急流，他们根本控制不住橡皮筏。劳鲁斯想要将这些念头统统驱散，他对自己说：这只是个白日噩梦，他毕竟已经几天几夜没怎么合眼了，既然他们坚持到现在都还没沉，之后就更没有理由会沉。可事实上，"海鸥号"的船身在被大浪掀到一侧后，总好像永远也直不起来似的。船员们仍然顶着风暴在上层建筑上凿个不停，一声声击砸在操舵室里听得分明。

　　然而那个念头又再度逼来：要是他们的船现在就要翻了呢？劳鲁斯想象着，或者说他决定开始想象一下：他要从操舵室的侧门冲出去——这扇门应该还能留在海面之上，在水平的地板完全变成陡直的墙壁之前，他要从那里冲出去。下一步，他要顺着船舷一直爬到翘起的龙骨上。这根龙骨是绿色的，他在"海鸥号"上滑台的时候看见过，龙骨在那时被漆成了绿色。"波塞冬号"肯定会守在旁边，在"海鸥号"渐渐沉没时，他们肯定有办法把这些留在龙骨上的人接过去。又或者：他们的船根本不会沉，据说到了早上，风暴可能就要平息了！

到了早上，风暴开始平息下来。

一天渐渐过去，终于有机会给船掉头了，他们成功将航向调整到了顺风方向。这一天，他们又见到有三趾鸥飞掠渔场，自上星期五以来还是第一次。三趾鸥，风暴之鸟，每当它们出现，你便知道还有朋友在陪伴着你。"海鸥号"与"波塞冬号"一起向着温暖的海域缓缓航去。很多船员生了冻疮，每个人都浑身火辣辣得刺痛。那位年龄最大的船员自从风暴来袭后就没合过眼，回程时心跳得飞快，大家都以为他要熬不过去了。他自己也暗暗觉得，即便他除了这一行外什么都不懂，以后也不能再继续做船员了。他在岸上还有个妻子，他觉得她这个人总是闷闷不乐的，其实他们俩已经很久不讲话了。他们还有个儿子，二十多岁，一事无成，上学没好好上，工作也不好好干，成天只想跟他那群听猫王的哥们一起瞎混。

回程时，船上很少有人讲话。好像大家都已经无话可说，又或许是大家的脑袋里只装着几天以来的风暴，可没人愿意谈这些。大家都已经被掏空了。基本上没什么人干活了，只有厨房和机舱里还有些必需的工作。船长、大副再加一个监舵船员轮流在操舵室值班，后面有张沙发，供大家轮流休息。当城市之光闪现时，许多人都哽咽了。看到引航灯，劳鲁斯强忍住没哭，将泪水咽了回去。

"海鸥号 RE-335" 驶入雷克雅未克港时，已是二月十五日深夜，时间是夜里两点半，四周一片漆黑，港口上却人头攒动，还有一辆白色的长救护车，侧面画着红十字，是来接受伤的二副的。在他们快要抵达西海岸时，还有一架飞机前来接应，就是为了看他们一眼，最终确认一下船只还浮在海面上。广播的晚间新闻也播报了他们的好消息，上一条播出的还是"哈帕号"的消息。港口上的人们等待着生还的船员们归家，但人群里一片寂静，当天早些时候，"哈帕号"已最终确认沉没，一切搜寻工作随之停止。"海鸥号"的船员一一走下船，有人跑上来拥抱。人们的话音很轻，到处都是哭声。那位年龄最大的船员的妻子和儿子开着家里的斯柯达来接他了，他的妻子抱住他，眼泪一直滑到他脸上。他的儿子为他打开驾驶座的门，自己钻进了后座，用膝盖顶住椅背，以防靠背倒下来——

自从里面断了什么东西以后，这个座位就总爱往后倒。年龄最大的船员想：这样就挺好的。劳鲁斯的父母还有弟弟都站在那儿，莫名显得灰簌簌的却很美。一切就这样结束了。

我想，既然我跟这艘船同名，就理当回顾一遍这段时光。很多人明里暗里地骂船长，骂他剥削船员，每天只给我们两小时休息时间，可紧接着大家又想起来，船长自己也一直纹丝不动地守在操舵室里，一直站了八十四个小时，身边只有咖啡和烟草，等到他终于可以到铺位上躺下时，还必须要两个船员扶住他——这是他自己下的命令，最后他还是彻底昏睡了过去。

我们总共有三十二个船员，个个不是身手老练，也是前途光明，而自此以后，我们当中只有八个人还敢继续出海，其余的人都找了岸上的工作。当然，说的是我们中还有工作能力的那些。其实我老早就开始准备，要将一切都写下来，尽管在过了很久很久以后，我才最终将它完成。

而我和我的舱友——就是水手长，只有我们俩住在船头那个最不起眼的位置，听船锚在我们耳边猛砸船身，听得谁都不想待在那儿——在回程途中偶尔会聊上两句，像老朋友一样。他给我讲他的妻子和孩子，说她们是他的生命之光，是他活着的唯一目的、唯一意义。我们终于快要抵达雷克雅未克港时，城市之光在我们的眼前闪烁起来，他也换上了礼服，系上甘草糖似的细黑领带，从头到脚都打扮上，只差最后上点须后水。可须后水被他直接灌进了嘴里，他把一大瓶葡萄牙人（Portuquese）和一瓶冰蓝（aqua velva）须后水混在一起，像做奶昔那样一直摇到出沫，接着给一口闷了，辣得他龇牙咧嘴。这么一来，他就跟会喝这种东西的那些家伙没什么两样了：疯疯癫癫，带着孩子的漂亮女人们打死也不会跟他在一起的。上岸以后，我们很少再见，几年后他死在了街头。他在《晨报》的文化副刊上发表过几首诗，报纸的编辑为他写了一篇动人的讣文——也是唯一的一篇，题目是:《黑夜的诗人》。

在我们与寒冰殊死搏斗之时，在死神不遗余力地要将我们拖向海底之际，有两百余人死在了我们此行前往的那片渔场上，其中有一半死在了"三趾鸥银行"。如今他们仍躺在海底，与"泰坦尼克号"上的人一起。他们再不会见到任何人了，也再不会被任何人见到。除非有渔船以后再来到这片渔场，他们或许还能有幸钻进谁的渔网。从千钧重的海渊里被一路拖捞上来时，他们的肚皮也将整个鼓起，被空气胀满。或许他们还会跟平鲉一样，将胃囊从嘴里囫囵呕出。每到夜里，我便看到自己跟其他人一起被这样拖起，密密匝匝地挤在一张渔网里。